BRUNO STEIGER

GURDJIEFFS ARGUMENT

Roman

Rowohlt

Umschlagentwurf Wolfgang Schröder
Lektorat Martin Lüdke
1. Auflage September 1985

Satz aus der Janson-Antiqua auf der Linotron 202
Gesamtherstellung Clausen & Bosse, Leck
Printed in Germany
ISBN 3 498 06182 8

Für B.

Die Verzweiflung des Schriftstellers besteht nicht darin, das Buch nicht schreiben zu können, sondern darin, in unbestimmter Weise auf ein Buch hinarbeiten zu müssen, das er nicht schreibt.

Edmond Jabès

I.

Nach Troyes

I

Es ist selten, daß die Entwicklungsgeschichte des Podiumbaus von der technischen Seite her beleuchtet wird. Meistens waren es bisher Kunst- und Architekturtheoretiker, die die Geschichte der Podien nach ihren sichtbaren Formen erläuterten. Im Zusammenhang mit einer Ausstellung des Technischen Seminars und der Joseph Kessel-Stiftung zum achtzigsten Geburtstag des Bühnenbauers Paolo Moëli-Kessel – einem Vetter des in Südfrankreich lebenden Unterhaltungsschriftstellers Joseph Kessel (‹Les captifs›; ‹Die Schöne des Tages›) – ist Ende Mai eine umfassende Darstellung der Geschichte des Podiumbaus erschienen, die Aufschluß gibt über die Entstehung der Konstruktionstypen, den Einfluß der Materialwahl und der Baumethoden. Sie erklärt auch, wie es zu den konstruktiven Unterschieden im Podiumbau kam.

Das Umschlagbild dieser Publikation hat mir jene Ereignisse erneut in Erinnerung gerufen, die sich ein paar Jahre nach dem Ende des letzten Krieges zutrugen und in die ich, ohne, im herkömmlichen Verständnis des Begriffs, ‹direkt› beteiligt gewesen zu sein, mitverwickelt war. Ich habe den Charakter dieser eigentümlichen Art von Zeugenschaft an anderer Stelle ausgiebig erläutert. Im Augenblick geht es darum – und die Titelillustration des Bandes über Moëli bildet den, nicht unwillkommenen, äußeren Anlaß dazu –, die eigentlichen Fakten und ihre Hintergründe zu rekapitulieren. Obgleich ich mir über das wahre Ausmaß der ganzen Angelegenheit noch immer nicht in der an und für sich wünschenswerten Komplettheit im klaren bin, will ich doch versuchen, die Geschichte so präzis und – was der berechtigten Forderung nach Straffung des Materials in keiner Weise Abbruch zu tun braucht – möglichst ohne unzulässige Vereinfachungen zu schildern.

Ich stütze mich dabei im wesentlichen auf den Monolog Warrings im Schwimmbecken des Sammlers, soweit er mir in Erinnerung ist, dann auf den Rapport des Sammlers über jene Teile der Warringschen Erzählung, die ich, aus ebenfalls bekannten Gründen, verschlafen habe, und auf ein Gespräch zwischen dem Sammler und Dr. Padgwe, das kurz vor meinem Eintreffen im Haus des Doktors stattgefunden haben soll; ferner berufe ich mich auf gewisse Andeutungen meines Stiefbruders Fred sowie, wenn es denn gar nicht mehr anders geht, auf ein paar eigene Erlebnisse.

An Dokumenten stehen mir eine Abschrift der Einführung von Crowley in Agnes Kamms düsteren Aufsatz über die Monas-Hieroglyphe des John Dee zur Verfügung, dann die zwei Postkarten meines Buders an Zellerbach und ein Tonbandprotokoll einer frühen Aussprache zwischen Sally Dubois, Dr. Padgwe und Zellerbach, die Sperre betreffend und die von der Thiel ohne böse Absicht und ebenso erfolglos ins Auge gefaßte Vernichtung der Zusammenfassung von Kunz auf Kreta.

– Der Sammler hat ja, dies nebenbei, nie recht zugeben wollen, daß sein Interesse an der «Lenin-Tribüne» nur ein Vorwand war, um seine grundsätzliche Gleichgültigkeit gegenüber allem, was die Krönung der Caspar durch die Thiel und die Interpretation der Sperre durch die Stockholmer betraf, nicht nur zu vertuschen, sondern in der Tat geheimzuhalten vor uns und meinem Bruder. (Warum sonst, denke ich immer, hätte er die Berichte von Spengler stets derart heruntermachen müssen, daß sie von Zellerbach als aus dem Zusammenhang der Sperre gerissene bezeichnet und von Spengler im sozusagen selben Augenblick der Zusammenfassung von Kunz (Delaunay-Papiere) zugeschlagen worden sind?) –

Als letzte, wiewohl bedeutsamste, Quelle sei schließlich jener Umschlag alter Fotografien erwähnt, der sich bei der Auflösung der Wohnung in Bressano gefunden hat und den mir eine Angestellte der Verwalterin vor etlichen Jahren hat zukommen lassen. Hier ist auch das einzige Bild, das von der Caspar existiert, zu finden: Auf einer Alpwiese steht ein «Shell»-Tankwagen, seitlich hinter einem Geländefahrzeug amerikanischer Herkunft. Man sieht von schräg oben durch die Windschutzscheibe auf die Vordersitze des kleineren, näherliegenden Gefährts hinunter. In der offenen Türe steht die Caspar. Ihre Hüfte wird von einer kräftigen Hand umfaßt, sie selbst scheint eine Heliografie der Panazer-Ellipse zu zerknüllen und in die Polsterung der Lehne zu drücken. Ganz klein, weit unterhalb der gewölbten Decke des Betontanks, der zu versinken scheint in der relativ üppigen Vegetation der Umgebung, ist eine weitere weibliche Gestalt mit Funkgerät und Berggänger-

Ausrüstung zu sehen. Schon hat sie das Seil nach einem Hirtenhund geworfen, der seinerseits im Begriff ist, auf einen fröhlich lachenden Mann zuzulaufen – Zellerbachs Pilot, denke ich.

Auf allen übrigen Fotos sind ebenfalls Menschen in Gruppen abgebildet, mir durchwegs unbekannt bis auf jene zwei Aufnahmen, die mich selbst zeigen, inmitten der Pendler, hoch oben sieht man die Nummern, im Vordergrund das Zauntor, das sich quer über die Bildfläche hinzieht als großmaschiger, dunstiger Filter.

Nur als Filmnegativ vorhanden ist ein verwackeltes Foto des Modells des Schubers, aufgenommen an irgendeiner Autobahnauffahrt. In zehn Schritt Abstand steht der Koffer des Sammlers, zwischen Schuber und Koffer schließlich ich, mit ausgestrecktem Arm und gerecktem Daumen: ja, ich bin es tatsächlich, und es ist der Tisch von Cochard, auf dessen Kante ich sitze und irgendeinen Kleinlaster zu stoppen versuche, der mich und meine Habseligkeiten zurück in die italienische Hauptstadt bringen könnte.

2

Ich lebte damals in einem möblierten Zimmer in einer Seitenstraße der Via Cibele, unweit des «Megen», einem vornehmlich von Emigranten frequentierten Tanz- und Speiselokal. Meine Wohnung bestand aus einem hellen, geräumigen hohen Zimmer im Untergeschoß eines jener pensionsartig hergerichteten Privathäuser, die dem Auswärtigen eine wohl saubere und preiswerte, im Grunde jedoch wenig gemütliche und meistens viel zu feuchte Unterkunft bieten. Die Vermieterin war eine ältere Dame, die einen an eine verarmte Bühnengröße erinnerte, an eine ehemalige Professorsgattin vielleicht auch, die ihrem Mann lebenslang haushoch überlegen gewesen sein mochte. Sie hatte eine kleine Wohnung im ersten Stock gehalten, die anderen Zimmer, zehn oder zwölf insgesamt, mußte sie vermieten. Die meisten Gäste waren Dauermieter wie ich; ich habe selten einen von ihnen gesehen. Mein Zimmer hatte einen separaten Zugang vom Garten her (den ich allerdings selten benutzte), es war gleichwohl eines der preisgünstigsten der in einen Osthang gebauten Villa.

Eines Morgens stieg ich, die Badetasche unter den Arm geklemmt, in aufgeräumter Stimmung die schmale, von einer Art «Netz» aus dünnen, klimpernden Schilfrohrlamellen gesäumte Treppe zur bergseitig gelegenen Eingangshalle hinauf. Ich hatte beschlossen, den prächtigen Frühsommertag in einer der kleinen Badeanstalten am Tiber zu verbringen.

Es dürfte gegen neun Uhr gewesen sein, als ich aus dem Haus trat. Auf der gegenüberliegenden Straßenseite parkte der grüne Lancia von Riegl. Schon überlegte ich, ob es angebracht wäre, eine Notiz unter die Wischanlage zu schieben, als ein etwa faustgroßer Ball, eine Art Tennisball, dachte ich sofort, aus der dichten Laubfront der sich hinter der stehenden Wagenreihe erstreckenden Grünanlage schoß und, nachdem er mehrere Male wie zögernd auf dem Wagendach auf und ab gehüpft war, rückwärts gegen die Parkmauer schnellte, um endlich langsam unter den Lancia von Riegl und unter dem Lancia hervor und auf mich zu zu rollen. Aus dem Park erklang die aufgeregte, jugendliche Stimme einer Frau, ein Kind ließ einen Freudenschrei ertönen, dann begann es hemmungslos und lautstark zu schluchzen.

Was soll der Unfug? dachte ich. Ich holte weit aus und kickte den Ball aus dem Stand zurück ins Buschwerk. Jedoch, ich hatte vielleicht zu wenig genau und jedenfalls zu hoch gezielt, der Ball prallte von einem Leitungsmast, der einsam aus dem Unterholz aufragte, in spitzem Winkel ab, flog in einer flachen Bogenbahn auf die Straße zurück und blieb – ich stand wie festgenagelt etwa fünf, sechs Meter vor dem Lancia – mir genau zwischen den Fußknöcheln stecken.

Einigermaßen verlegen und nicht wenig verunsichert schaute ich mich um. Niemand hatte den Zwischenfall beobachtet. Ich nahm den Ball auf, er war von unbeholfener Hand bunt mit dicker Farbe beschmiert, und trug ihn etwa fünfhundert Meter weit die Straße hinunter, zur Einmündung in die Via Cibele, wo ich einen Zugang zum Park wußte. Es war eine nicht sehr große Anlage, sie erstreckte sich, durchzogen von einem engen Netz aus bekiesten Spazierwegen, in flachen Abstufungen hügelan. Ich beeilte mich, begann zu laufen, als ich oben ein Kind an der Hand einer Frau auf den Ausgang zustreben sah, aber ich kam zu spät: Oben angelangt war von den beiden – wie eigentlich nicht anders erwartet – nichts mehr zu sehen. Ich setzte mich auf eine Parkbank, scharf beobachtet von einer Greisin in schwarzen Lumpen, die an der nahen Haltestelle auf den Bus zu warten schien. Ich wechselte an den einzigen Tisch eines eben öffnenden Imbißstandes, um aus dem Blickfeld der Alten zu kommen, erhob mich aber, als der Bus kam, ohne bestellt zu haben und bestieg – zusammen mit der Alten, es ließ sich nicht umgehen – den Bus.

Wir waren die einzigen Fahrgäste. Sie begab sich unverzüglich nach hinten, von wo aus sie mich weiterhin in der gehässigen Art und Weise, wie sie mitunter älteren Menschen eigen ist, fixierte. Mißtrauisch sah sie auf den Ball, den ich natürlich immer noch bei mir hatte. Ich wechselte ihn in die andere Hand, es schien die Alte, statt zu beruhigen (was eigentlich die Absicht gewesen war), nur noch mißtrauischer zu machen. Sie dachte wohl, ich hätte das dumme runde Ding gestohlen, hätte es womöglich einem kleinen blonden Mädchen mit dünnen roten Kniesocken weggenommen, oder noch Schlimmeres. An der Piazza Mastai jedenfalls verließ sie den Wagen, ging außen um den Bus herum nach vorn zum Chauffeur, der ebenfalls ausgestiegen war. Sie flüsterten einen kurzen Moment lang aufeinander ein, dann begaben sie sich zu einer nahen Telefonzelle. Kurze Zeit später hielt ein Streifenwagen neben dem Bus, ein Beamter ging zur Kabine hinüber, in der sich die Alte und der Chauffeur verschanzt hatten. Nach einem lauten Wortwechsel durch die Glastür hindurch wandte er sich um und – ich saß ungefähr in der Mitte des Busses – musterte mich prüfend.

Er hatte ein glattrasiertes, von einer flachen, bleichen Nase dominiertes Gesicht, dünne, bürstenschnittartig gestutzte Haare, einen breiten Mund, den er zu einem ebenso brutalen wie primitiven schmalen Spalt zusammenpreßte.

Das Kinn war klein und weich und ging nahezu übergangslos in einen kurzen Kinderhals über.

Fünfzehn Minuten später stand ich im Büro der Fremdenpolizei vor einem sich ernst gebenden Beamten in Zivilkleidung. Der Raum ging auf einen Innenhof hinaus, ein Vogel, eine Art Specht mit einer Blume im Schnabel, flatterte vor dem offenen Fenster auf und ab.

Die Engländer essen Fleisch, die Inder sind Vegetarier! Um was geht es?

Mißmutig grinste der Beamte mich an.

Ich erzählte, nachdem ich mich erneut ausgewiesen hatte, meine Version der Geschichte. Unbeteiligten Gesichts hörte er mir zu, es schien, als beanspruche der Specht seine ganze Aufmerksamkeit, bis er mich, nachdem ich das kurze Protokoll mit meinem Namen unterzeichnet hatte, vom Schreiber (den ich übrigens kannte; er war eines Abends in Begleitung von Denise und Dr. Padgwe im «Megen» aufgetaucht) durch einen Nebenausgang auf die Straße führen ließ. Ich hatte eben den Ball in einer überquellenden Mülltonne verstaut, als dicht neben mir ein Taxi hielt, einer dieser staubgrauen, klapprigen Vorkriegsfiats, dem eine Frau, ein junges Mädchen, allem Anschein nach eine Inderin, entstieg. Sie verschwand im Gebäude, während das Taxi mit laufendem Motor wartete. Als sie, nach nicht mehr als allerhöchstens fünf Minuten, wieder erschien, trug sie ein längliches, von verfranstem Wachstuch umhülltes und mehrfach verschnürtes Paket bei sich. Sie wechselte ein paar Worte mit dem Fahrer, um dann, während jener mit heulenden Reifen startete, ohne Zögern in die entgegengesetzte Richtung davonzutrippeln zu beginnen.

3

Sie war eher kleingewachsen, etwas untersetzt sogar vielleicht. Sie dürfte etwa im Alter der Caspar sein, dachte ich, möglicherweise ein, zwei Jahre darunter, aber nicht mehr. Sie trug eine metallisch glänzende, feine, fast durchsichtige Wollhose. Ihr bläulich abgetöntes, von flach anliegendem tiefschwarzen Haar gerahmtes Gesicht hatte einen seltsam versponnenen und gleichzeitig demütigen Ausdruck (was ihm, so merkwürdig das klingt, einen eigentümlichen Reiz verlieh), sie hatte dunkle Augen und kleine, rote Lippen. Am rechten Ohr trug sie einen Anhänger, der aus der Entfernung wie eine winzige, graue Holzschlange aussah, die sich um eine Art Dreieck aus einem schildpattähnlichen Material wand. Dasselbe Material bemerkte ich übrigens an der scheren- oder libellenförmigen Brosche, die, mit einem dünnen Silberkettchen am Gürtel befestigt, ihr hübsches Hinterteil schmückte.

Sie merkte nicht, daß ihr jemand folgte. Unser Weg führte uns aus dem Viertel hinaus in eine mir unbekannte, außerordentlich belebte Gegend. Die Fremde schien ihr Ziel genau zu kennen. An der Via Cristoforo Colombo, die wir nach gut einer halben Stunde zügigen Gehens überquerten, kaufte sie einen Blumenstrauß und ein Brot, ich wartete vor dem Aushang eines Kinos. Dann ging es weiter, fast laufend überquerten wir die Anlagen des Tre-Fontane-Zentrums – ich fiel etwas zurück, das fehlende Frühstück schien sich jetzt doch bemerkbar zu machen – in südöstlicher Richtung. Die Gegend nahm einen dorfähnlichen Charakter an, es wimmelte von kleinen, zweifelhaften Läden, die sich in den halbverfallenen Mauern irgendwelcher alter, unheimlicher Fabriken eingenistet hatten. Die Inderin überkletterte einen Bahndamm, an dessen jenseitigem Böschungsfuß sich eine Reihe von teilweise fast neuen Bretterbuden hinzog. Menschen waren keine zu sehen.

Hier warst du doch schon einmal, fuhr es mir durch den Kopf, als die Unbekannte völlig überraschend in eine düstere Hofeinfahrt einbog, quer über einen weiten, von ärmlichen, offensichtlich seit langem verlassenen Hütten dicht umstellten Platz auf einen ebenso finsteren Ausfahrtstunnel zustrebte, in welchem sie für ein paar Sekunden unsichtbar wurde, bevor sie auf dem Flachdach eines zweigeschossigen Miethauses auftauchte und geschlagene zehn Minuten auf den sonnenüberfluteten Platz hinunter sah, ohne mich zu bemerken.

Ich ging durch den Tunnel und postierte mich neben dem straßenseitigen Ausgang des Hauses – irgendein Instinkt sagte mir, daß sie ihren Weg durch diese Türe fortsetzen würde. Selbstverständlich täuschte ich mich, und es war der reine Zufall, daß ich, gerade als sie ein paar Häuser weiter oben auf den Gehsteig trat, in die entsprechende Richtung schaute. Ich lief schräg über die Straße, erst jetzt wurde ich gewahr, daß es sich um die Via Cibele handelte – daß wir uns, obwohl einem alles denkbar fremd vorkam, nah bei meiner Wohnung befinden mußten. – Und tatsächlich: kaum hatte ich einigermaßen zu meinem «Wild» aufgeschlossen, bog sie rechts ein und ging die Straße, in der ich wohnte, hinauf. Wa wa wa, dachte ich und folgte ihr.

Ohne sich umzusehen schritt sie aus, ich, genau parallel zu ihr, auf der andern Straßenseite ebenfalls. Ich hatte genau die Höhe meiner Haustür erreicht, als sie, zu meiner allergrößten Verblüffung, den Wagenschlag aufriß und sich, Brot, Blumenstrauß und geheimnisvolles Paket über die Lehne in den Fond werfend, in den Wagen von Riegl setzte. Sie zog die Handschuhe aus – lachsrote Fausthandschuhe mit einem kauzigen Wellenmuster auf dem Handrücken – und steckte sich eine Zigarette an.

Ich hob, bereits einigermaßen gefaßt wieder, den Arm, ich machte einen Schritt nach vorn, dann noch einen, dann einen zurück, schließlich überquerte ich heftig mit beiden Armen rudernd die Straße. Sie schien mich noch immer nicht zu bemerken. Sie zog die Handschuhe wieder an, sie hatte sich schon die zweite Zigarette angesteckt – die Marke habe ich, obwohl ich doch weiß Gott gute Augen habe, nicht erkennen können – und rauchte mit nervös wirkenden Bewegungen.

Ich ging um den Wagen herum, sie öffnete das Fenster einen Spalt. Ich beugte mich hinunter, sie blies mir den Rauch eines langen Zuges ins verschwitzte Gesicht, und ich sagte:

Buon Giorno! Non è una magnifica giornata oggi?

Und mein Name wäre Ernst Graber, und ob ich sie für heute abend einladen dürfe. Man könnte vielleicht gemeinsam den Vortrag von Gurdjieff – Georg Iwanowitsch Gurdjieff, der russische Magier – besuchen; die Veranstaltung finde in der Osteria «Megen» statt, einem der wenigen noch nicht von den Italienern überwachten Emigrantentreffs der Stadt. Das Lokal befinde sich übrigens ganz in der Nähe. – Beginn sei Punkt Mitternacht, und es würde das beste sein, wenn man sich sagen wir einmal ungefähr eine Stunde vorher bei Gileti träfe.

Bei Gileti an der Zigeunergasse, fügte ich in meinem erbarmungswürdigen Italienisch hinzu.

Sie blickte einen Moment zum Schulhaus hinunter, das sich auf halber Höhe zwischen Parkeingang und der Musikhandlung Pineider befand, dann sagte sie leise: Abgemacht! (Sie habe schon lange Näheres über ihren berühmten Landsmann – ich hatte mich also getäuscht, als ich in ihr eine Inderin vermutete! – erfahren wollen, und wenn sie dem Meister nun persönlich begegnen dürfe, sei das natürlich wunderbar. Außerdem habe sie diesen Abend ohnehin nichts Besonderes vor – was ist mit Riegl? dachte ich – und überhaupt: die Aussicht, ein paar interessante Menschen kennenzulernen, erschiene ihr in diesem Augenblick recht verlockend, so daß sie also absolut nichts dagegen habe, mich zu begleiten. – Sie freue sich sogar schon ein bißchen darauf!)

Ich auch! rief ich aus. Eine Stunde später befand ich mich in Dr. Padgwes Treppenhaus. Der Doktor und der Sammler kamen eben die Treppe heruntergehastet. Ohne mich richtig wahrzunehmen rief de Sitter, die Thiel sei bei Zellerbach, man habe nach Dr. Padgwe gerufen, aber in diesem Moment waren die beiden schon an mir vorbei, und ich hörte nur noch das Geräusch der hinter ihnen ins Schloß fallenden Tür und das Hüsteln des Doktors, mit dem er auf de Sitters schwächer werdende Rufe, wonach die Thiel erst bei ihm, de Sitter, gewesen, dann aber zu Zellerbach gefahren sei, von wo aus man den Doktor avisiert habe, reagierte. Dann war von den beiden nichts mehr zu hören.

Mir kam der Traum der vergangenen Nacht in den Sinn, worin de Sitter einen Vortrag über Marwyn T. Pélard, den frankokanadischen Delphinforscher gehalten hatte. Nach Beendigung des Vortrags gab es in einer etwa zehn Gehminuten von Siena entfernten Traglufthalle einen Imbiß, wie man dem Publikum mitgeteilt hatte. Das Seltsame war nun, daß man die leeren Teller nach Beendigung der kleinen Mahlzeit selber zurückzubringen hatte an den Ort des Vortrags, einer halbzerbombten Kirche am Rand der Stadt. Jeder war für seinen Teller persönlich verantwortlich, hatte ihn persönlich oben abzugeben.

Dr. Padgwe, in dessen Begleitung ich vor der Kirche eintraf, sagte, ich dürfe meinen Teller ruhig ihm mitgeben – er müsse ohnehin noch einmal hinauf (hier muß ich erwähnen, daß ich den Doktor nicht als unter den Zuhörern befindlich in Erinnerung hatte; überhaupt hat ja der Traum erst nach Beendigung des Vortrags begonnen), er würde ihn oben abgeben für mich, ich solle hier auf ihn warten.

Ich setzte mich auf eine Stufe der breiten, in einer flachen Spirale zur Empore ansteigenden Treppe, auf der ein paar Nachzügler in angeregtem Gespräch das Gebäude in Richtung Versammlungshalle (Imbiß) verließen. Ich wartete eine geraume Weile, aber der Doktor kam nicht wieder herunter; er war, und das erscheint mir bis heute als der tiefere Sinn, die eigentliche und unentschlüsselbare Botschaft des Traums, *gewarnt* – und kam nicht wieder herunter.

4

Den Rest des Tages habe ich mit Denise, Ingenieur Friedrich und Mario Corti, der gerade Mitglied der Amerikanischen Akademie geworden war, in der kleinen Badeanstalt beim Ponte Matteo Lincei verbracht.

Mario, der am Vorabend ebenfalls dabeigewesen war, war es gewesen, der die Thiel zu de Sitter geschickt und den Sammler veranlaßt hatte, mit ihr zu Zellerbach zu fahren. Mehr war aus dem Fotografen nicht herauszubringen, und es widerstrebte mir irgendwie, zu insistieren. Aber das Ganze mußte etwas mit den verschwundenen Bildern zu tun haben (Delaunay, Lissitzky) und mit der konsternierten Heiterkeit, die uns alle erfaßt hatte, als Warring vom Entschluß der Caspar, sich auf Kreta krönen zu lassen, berichtete.

(‹Uns alle› stimmt vielleicht nicht ganz, denn zu diesem Zeitpunkt war ich längst eingeschlafen gewesen auf dem Teppich vor de Sitters Bücherwand, und das Gelächter der Thiel hatte mich nicht gestört.)

Der Badeanstalt war ein kleiner Restaurationsbetrieb angegliedert, eine Art Kiosk, wo sich die Badegäste mit dem Notwendigsten – Aufschnitt, Alkohol, Zeitschriften – versorgen konnten. Wir saßen auf der in frühsommerliche Wärme getauchten Terrasse, im dämmerigen Innern des Kiosks, der unter die Brücke gebaut war, lief der Fernseher, ein Testprogramm der RAI, nahm ich an. Es wurde von niemandem beachtet. Es war Mittag, die wenigen Badegäste verpflegten sich aus dem mitgebrachten Picknick oder sinnierten still vor sich hin. Der Fotograf und der Ingenieur hatten keinen Hunger, auch Denise aß nichts, und ich selber begnügte mich mit einer Portion Coppa, die ich beim Bademeister, einem uralten Finnen mit langem weißen Bart, bestellte. Es herrschte eine für römische Verhältnisse direkt friedvolle Ruhe auf dem Areal, die, untermalt von den unendlich wehmütigen Klängen aus dem Fernsehgerät hinter uns, nur von der brüchigen Stimme Sinatras durchbrochen wurde, die hin und wieder von jenseits des Flusses herüberdrang.

Der Bagnino brachte eine weitere Runde. Ein frischer Wind kam auf und schürte ein kleines Feuer, das ein paar Jungen in einem aus Sand und allerlei Unrat aufgeschütteten kleinen Krater entfacht hatten. Einen kurzen Moment lang meinte ich den Hinterkopf eines Schwimmers in den Fluten auftauchen zu sehen, aber es war nur ein dunkles, undefinierbares Etwas, das diese optische Täuschung verursacht hatte und nun langsam flußabwärts weitertrieb.

Ich fragte Denise, ob sie Lust hätte auf eine Partie Federball, aber sie sagte, sie habe keine Lust – ich möge doch Corti fragen oder Friedrich, aber Mario, das weiß ich noch, konnte nicht Federball spielen, und den Ingenieur zu bitten, erschien mir irgendwie zwecklos. Ich erinnerte mich an den Abend bei de Sitter; ich stand im Mantel vor der Bücherwand des Sammlers und blätterte in der von Gurdjieff herausgegebenen Ausgabe der ‹Choreutics› von Laban («Bodenweg»). Corti und Dr. Padgwe saßen an de Sitters Glastruhe, auf die man eine allseitig etwa zwanzig Zentimeter auskragende Marmorplatte gelegt hatte; mit leiser Stimme berichtete Mario dem Doktor von Zellerbachs Angebot an de Sitter, dessen gesamte Sammlung von künstlichen Autographen – darunter eine erschütternde (von Spengler allerdings sofort und vermutlich zu Recht als Fälschung erkannte) Fassung jener alten ungarischen Legende, in der sich der Protagonist nicht in einen, sondern gleich in ein ganzes Rudel Käfer verwandelt – im Tausch gegen irgendein Bild von Gurdjieff oder von Delaunay zu übernehmen; die Thiel kniete schnuppernd vor einer Flasche Reinbenzin, die der Sammler zu Beginn des Abends auf die Truhe gestellt hatte, während Denise in den kleinen Wohnraum hinübergegangen war, um das versprochene Hörspiel aufzulegen. Aber sie hatte nur die Platte von Brecht gefunden, und bald hörten wir die eiserne, wie von Schwerthieben modulierte Stimme des Dramatikers, knapp übertönt vom Gemurmel Warrings, der sich auf der andern Seite des Bassins in einen Fauteuil gesetzt hatte und sagte:

Spengler, der mit Denise, Mario, Astana Caspar und Zellerbachs Pilot nach Athen vorausgereist war, hatte mich mit den von de Sitter übernommenen Unterlagen – größtenteils unförmige, wurmbefallene Folianten, die er (Spengler) *grauenerregend* nannte – und den Musterkoffern in Bensons «La Granja» beordert, wo ich bei einem von Bensons unheimlich heißen, teeartigen Weißweinen auf den Doktor (Padgwe nickte) warten sollte.

Warring hielt inne, sah uns aufmerksam an. Der Doktor blätterte ein paar Zehndollarnoten auf den neben dem Erzählenden stehenden Barstuhl.

Ich, fuhr Warring fort, hatte die Mannschaft nach Troyes entlassen, mit Ausnahme der Caspar, die bis Bregenz bei den Tieren bleiben sollte, wo sie wenigstens die

Sittiche abstoßen und mir den Rest der Ablösesumme für die Delaunay-Akte ins «La Granja» und womöglich direkt in Bensons Kontor hinaufschicken wollte. –

Langsam hatten die Banknoten auf einen etwa kniehohen Schemel herunterzuflattern begonnen.

Herbstsonnenstrahlen sammelten sich im gläsernen Auge eines präparierten Marders, der von einem Hotelgast neben die Registrierkasse geschoben worden war, und der nun schwankend und mit von der Sonnenenergie gesträubtem Fell seinen Schatten auf den Birkenholzgriff der Geldschublade warf! – Mit diesen Worten, die er unter einer bis auf die Oberlippe heruntergezogenen Golfmütze hervorstieß, war Warring drei Schritte von Schemel, Barhocker und Fauteuil zurück- und an die in den Bassinrand eingelassenen Chromstahlholme der Einstiegsleiter herangetreten. Mit einer schnappenden Handbewegung zog er ein hauchdünnes, blaues Dreieck aus der Badehose und warf es, völlig überraschend für uns alle, in das klare, unbewegte Wasser des Beckens, das in den sandfarbenen Teppichboden von de Sitters Bibliothek eingelassen war. Dann trat er einen Schritt zurück, umfaßte mit vermutlich ihn selbst überraschender Plötzlichkeit die beiden mattglänzenden Holme des Wanneneinstiegs gleichzeitig. Er bewegte die Füße vom Beckenrand weg in Richtung Zimmermitte, bis er, nur noch auf den Zehenspitzen jetzt und vorne festgeklammert an den Holmen, in einer liegestützähnlichen Kraftanstrengung den Rücken durchdrückte, vorne das Kinn hob soweit es ging, den ganzen Kopf nach hinten drückte mit der Kraft seines Halses und die Augen schloß; dann sagte er: Den Doktor hatte mir Zellerbach als japanischer Tourist getarnten Geschäftsmann beschrieben, der sich mit einer Karte von Cazenov bei Benson einführen würde, während der Hotelgast die Marderattrappe an die Kasse schöbe und ich mit einem penetrant bedeutungsvollen Schlürfen meinen «Sake» trinken würde; aber an jenem Nachmittag war weit und breit kein Japaner zu sehen, was ja auch wieder irgendwie unheimlich war. Obwohl ich es mit der Angst zu tun bekam, setzte ich mich noch nicht gleich in die Pension ab, in der ich mich tags zuvor eingemietet hatte, um nicht auf die Gastfreundschaft der Bensons angewiesen zu sein, sondern ich ließ mich durch diese frühe Zuspitzung der Lage in keiner Weise beeindrucken und sah mir diese sogenannte Hotelhalle ein wenig genauer an.

Hätte man Padgwe nicht besser gleich nach Zürich geschickt? warf ich, das Buch ins Gestell zurücklegend, ein, aber Warring überhörte die als Einwand gedachte Frage und fuhr ungerührt fort:

Die Empfangshalle des «La Granja» befand sich, das wußte ich, im ersten Stock; eine steile, geradläufige Treppe führte zu einer kleinen, reizvollen Plaza hinunter. An der dem Treppenaustritt gegenüberliegenden Wand hatte es drei Türen, die eine führte in den Aufenthaltsraum, sie war offen. Die beiden andern waren geschlossen, es handelte sich, wie ich bald erfahren sollte, um die Türen einerseits zur Putzkammer, andererseits zu den Privaträumen der Familie Benson. Zwischen diesen Türen standen abgenutzte Sessel, zwischen jenen wiederum ein Papierkorb aus Blech, ein Regenschirm, ein sogenannter Knirps, eine Baßgeige, ein kleines Tischchen mit ein paar Zeitungen und Zeitschriften, ein hochaufgeschossener junger Bursche, der verdächtig langsam einen kurzen Nagel in das freie Wandstück über dem Zeitschriftentischchen schlug, dann rief er (Warring): Die andere Längswand wurde mehr oder weniger vom vorhin kurz angetippten Treppenabgang ausgefüllt. Eine in die oberen Stockwerke führende Wendeltreppe schloß sich daran an, während der Rest der einen Schmalseite sich in eine kleine Nische öffnete, in der ich einen Teil der Musterkoffer deponiert hatte.

Die vierte Seite nahm, wie erwähnt, die Empfangstheke ein. Sie war mittels einer scheibenartigen Plastikbarriere zum Durchgang hin abgegrenzt, der von einem für mich nicht sichtbaren Oblichtfenster erhellt wurde. Eine schwere Registrierkasse aus Holz stand auf der Theke, ein paar Formularblöcke lagen herum, ein paar Prospekte von Barcelona und Umgebung – der übliche Kram. (Spöni hatte Warring den Besuch des «Castel Fels» empfohlen, aber es fand sich kein Prospekt über das «Castel Fels». Ich erinnerte mich, daß Warring einen unangenagten Stengel Süßholz erwähnt hatte, der im Aschenbecher lag, aber der Prospekt über das «Castel Fels» fand sich nicht auf der Theke, und ich fragte mich, warum Warring diesen Sachverhalt überhaupt für beobachtenswert gehalten hatte.)

Er war dann schließlich doch noch ins Bassin gestiegen, ohne seinen Bericht auch nur für eine Sekunde zu unterbrechen, und ich hatte, in dem berühmten, von Hiltbrunner illustrierten Werkverzeichnis von Giacomettis Studien zur Stockholmer Interpretation blätternd, es gar nicht bemerkt. – Bis ich zufällig aufsah und ihn, oder das, was von ihm übriggeblieben war fürs Auge, in der Mitte des Bekkens ausgemacht hatte: einen pochenden flachen Fleck, der auf dem Wasser schaukelte wie ein blutiges Segel in Not: Warrings Mund, nahm ich an, nach Atem ringend oder nach Worten, der Unterschied war in diesem Augenblick, in dem die hingebellten Behauptungen Brechts das Gelächter der Thiel übertönten, nicht so recht herauszuhören.

5

Es sei dann so herausgekommen, daß Warring das Groteske an der Situation in der Empfangshalle des «La Granja» doch nicht ganz bis zum Schluß ausgehalten habe. Er bestellte probehalber ein Kännchen Reiswein, und, nachdem er das Gewünschte gegen jedes Erwarten tatsächlich serviert bekommen hätte, habe er den Treffpunkt verlassen, um sich die folgenden drei Tage in der erwähnten Pension, die im übrigen unmittelbar gegenüber dem Hotel lag, versteckt zu halten. Drei Tage lang stand er am Fenster und beobachtete den Eingang des «La Granja». Hin und wieder kam Frau Benson und brachte ein Stück Kuchen oder eine Flasche Bier. Abends um zehn, wenn Benson die Tür absperrte und ihm mit einer zerknitterten Rennzeitung zuwinkte, ging Warring aus dem Haus, begleitete die Bensons auf einem kleinen Spaziergang durch das Gotische Viertel. Man hatte sie informiert, daß Warring, auch wenn er es nur ungern zugebe und es nicht selten und meistens im dümmsten Moment abzustreiten beginne, im Grunde ein geselliger, aufgeschlossener Charakter sei, der es schlecht vertrüge, vernachlässigt oder auf längere Zeit vergessen oder übergangen zu werden. So kümmerten sie sich ein wenig um ihn, zeigten ihm die Altstadt, machten ihn mit den Gästen der sich im Keller der Pension befindlichen Weinstube bekannt. Nachts um drei führten sie ihn an den Hafen hinunter, schwankend stand er auf dem Deck der «Santa Maria», starrte aufs Meer hinaus, hinter dessen fernem, nachtdunklen Horizont Mallorca liegen mußte.

Am vierten Tag, einem Samstag, reiste Warring plötzlich ab; er habe, hätte er erzählt, erfuhr ich von Friedrich, der mir ein paar Tage nach dem Vortrag von Gurdjieff zufällig über den Weg lief, ohne sich von den Bensons zu verabschieden eine Reise nach Zürich unternommen. Dort, in der Schweiz, habe er endlich eine Nachricht von Zellerbach vorgefunden.

Ich habe Friedrich gefragt, warum er, Warring, uns das nicht selber erzählt hätte, und Friedrich hat gesagt: Wenn man das wüßte.

Wenn man das wüßte, sagte Friedrich, im Weggehen schon, zu mir, wüßte man vielleicht auch, weshalb die Nachricht von Zellerbach, gemäß der die Caspar ihr Westeuropaverbot durchbrochen und Dübendorf am Elften verlassen hatte, um ihre Vorstellungen bezüglich ihrer Ansprüche mit Hiltbrunner, ehemals Friedrichs rechte Hand und nun Leiter von Giacomettis Zürcher Büro, durchzudiskutieren und eventuell geltend zu machen vor der Presse, Warring nicht schon in Spanien und damit rechtzeitig, sondern erst in der Schweiz und damit genau vierzehn Tage zu spät erreicht hatte. Dieser, Warring nämlich, habe sich kurz mit Zellerbach getroffen, soweit Hiltbrunner später – viel später: am Morgen desselben Tages, an dem im «Ausländer», der damals von uns bevorzugten Tageslektüre, zu lesen war, daß Astana Caspar mit einem Billet nach Capri in der Handtasche und in eine frühe Blaupause der Spengler-Sperre gehüllt bei Bregenz aus dem Postauto geworfen worden sei.

Item; der Doktor jedenfalls war knapp drei Wochen später ebenfalls in Zürich aufgetaucht, wo er ein paar Tage blieb – die Stadt gefiel ihm irgendwie. Er ruderte auf den See hinaus oder schlenderte in Begleitung einer hageren, fünfzigjährigen Person über den Hirzel. Er zeigte ihr das Büro von Giacometti, sie trafen auch tatsächlich noch Hiltbrunner an, der ganz allein an einem Tisch saß und zeichnete. Zu dritt gingen sie – «wie gewohnt», habe Hiltbrunner lachend gesagt – ins alte Theaterrestaurant, das damals noch nüchtern und beinahe etwas verlottert, mit andern Worten: außerordentlich angenehm sich präsentiert habe, aber Hiltbrunner hat sich dann scheints doch nicht den üblichen Espresso, sondern ein großes Glas Heliomalz bestellt. Abends ging der Doktor ins Kino oder ins Theater, in der Pause telegraphierte er den Bensons, nur um ihnen mitzuteilen, daß er die Spur von Warring wohl endgültig verloren habe und auf weitere Weisungen von Zellerbach oder Spengler wartete.

Dies alles erfuhr ich, wie oben angedeutet, erst mehrere Wochen später von Friedrich, einem ehemaligen Mitarbeiter Zellerbachs. Lohmerer habe der Caspar die Situation der CDU erklärt, und Astana habe dem Parteiführer die Situation der Caspar, also gewissermaßen ihre, Astana Caspars, eigene Situation und die Gründe, die sie zu einer

Verbesserung dieser Situation und zu einer Rechtfertigung dieser Verbesserungsabsichten motiviert hätten, deutlich zu machen versucht. Das war übrigens in derselben Stunde geschehen, wo ich, mit einem Stoß von Hiltbrunners so betörend stumpfsinnigen Zeichnungen in der Hand, das mit einem schwierigen Traum beschäftigte Gehirn gegen die schneidende Stimme Brechts, gegen die Jubelanfälle der Thiel und gegen die gnadenlose Erzählerei Warrings, der in unverhältnismäßig engen Kreisen seine Mütze umschwamm, abschottend, vor der Bücherwand des Sammlers eingeschlafen war, bis mich der Gastgeber weckte und ich mit dem Bestaunen der Hiltbrunnerschen Zumutungen fortfahren konnte.

Der folgende Tag ist es dann gewesen, an dem wir beim Ponte Lincei badeten. Überraschend schnell war die Nacht hereingebrochen; der Fluß erschien jetzt als schwarzes, die gegenüberliegenden Lichter wie ein Abgrund trennendes, vorbeifunkelndes Band im kalten Leuchten des Mondes, der hinter den Umkleidekabinen aufgegangen war. Das Areal hatte sich geleert, bis auf uns und ein paar dunkle Gestalten, die um die matt glimmende Feuerstelle herumsaßen. Von fern drang die Stimme der Frau des Bademeisters an mein Ohr, die ihrem Mann beim Zusammenklappen der Liegestühle half.

Ich ging an den Fluß hinunter, ließ mich vorsichtig ins Wasser gleiten. Ich ließ mich erst etwas flußabwärts treiben und hielt mich dann, etwa auf Höhe des Kiosks, ruhig in der Mitte, hoch über mir das sich durchs Dunkel spannende Tragwerk der Brücke. Hinter dem Testaccio, an dessen Fuß sich der protestantische Friedhof mit dem sich daran anschließenden Cestius-Camping befindet, stieg ein Hubschrauber der amerikanischen Armee in die Luft, wurde kleiner und kleiner und verschwand schließlich in Richtung Tre-Fontane-Zentrum. Ein leichter Wind kräuselte die Wasseroberfläche, die Luft war eiskalt geworden, und durch die Kälte hindurch hörte man das milde Gebimmel der Glocken von Santa Alessio. Eine Gestalt in einem weiten, tunikaähnlichen Gewand stand auf dem Sprungturm, streckte den Hals, sie hielt etwas Weißes in der Hand, aber es ließ sich nicht erkennen, ob es flatterte oder nicht. Vielleicht war es Denise, die sich wohl bereits angezogen hatte, vielleicht war es aber auch nur die Frau des Bademeisters, die eine Art Tischtuch ausschüttelte.

Ich schwamm etwas zurück, flußaufwärts, um mich besser informieren zu können.

Nach diesem langen, trotz oder vielleicht gerade wegen seiner Ereignislosigkeit ermüdenden Nachmittag tat mir die Bewegung gut, und ich fühlte, wie die mählich sinkende Temperatur des Wassers meinen Körper erfrischte bis in die es leise teilenden Fingerspitzen hinaus. Eine nicht unangenehme Betäubtheit überkam mich, eine Art nervliche Lähmungserscheinung, die seltsamerweise stärker und stürmischer wurde, je kräftiger und sicherer ich schwamm. Gleichzeitig fühlte ich eine heftige Energie in meine Muskulatur fließen, eine Art physische Selbstgewißheit erfaßte mich, die das gewöhnliche, vom Ego konstituierte Selbstbewußtsein auf angenehmste Art und Weise festigte und überstieg.

Zügig schwamm ich an der Badeanstalt vorbei, das aufmunternde Lächeln des am Ufer stehenden Finnen mit einem milden Hüsteln quittierend. Kann man, dachte ich, sich gegen den Fluß «treiben» lassen? Ich schon! wußte ich plötzlich. Die nächste Frage war: Kommt mir da ein leeres Boot entgegen? Und dann: Wenn ja, benutze ich es? Ich dachte: Kommt es einem nicht so vor, wie wenn man sich vorwärtssinken läßt in eine sich durch die eigene Anwesenheit hindurch abspulende Spur hinein – wie wenn man durch ein unendliches, und unendlich feuchtes, Universum «fällt», von einer Kraft, die man selbst (und irgendwie auch wieder nicht) ist, gleichsam ein- und damit vorwärtsgesaugt, auch wenn man das vielleicht gar nicht bewußt registriert?

Auch wenn man, und das war der springende Punkt, hier gar nicht mehr der Fordernde, Wünschende war, der sich eigentlich lieber in Richtung Ostia hinunter treiben lassen würde, in Richtung Mittelmeer, nach Rapallo, Nervi, Genua hinauf, oder nach Kairo hinunter, den Song von Sinatra in den Ohren. – Obwohl der Mut, mit dem man die Kräfte mobilisiert hatte, in beiden Fällen derselbe war, und obwohl man sich den Kräfteverbrauch lieber für eine andere, bessere, jedenfalls: spätere Gelegenheit bewahrt hätte, dachte ich einen Moment lang.

Rechterhand konnte ich nun die Scheinwerferbatterien des Tre-Fontane-Zentrums ausmachen, schräge, dunstige Lichtsäulen, während dicht am Ufer die nachtschwarze Rückfront des Zentralschlachthofs aufragte. Ein Wiehern drang aus einem kleinen kreisrunden Fenster unter dem hoch oben weit vorspringenden Dach, fast im gleichen Augenblick öffnete sich ein anderes Fenster zwei Stockwerke tiefer, ein weißes Armpaar kippte einen Zuber Fische in die

Nacht, die glitzernd wie silberne Schneeflocken durchs Mondlicht sanken, bevor sie jauchzend ins nasse Wasser platschten. Verblüfft schwamm ich weiter; es hieß nun auf die Stromschnellen aufpassen; ein furchtbarer Verdacht stieg in mir hoch. Nach ungefähr einer halben Stunde hatte ich den Ponte Palatino erreicht, vor mir nun die Tiberinsel, ich wußte, man muß aus dem Wasser und irgendwie zu Fuß weiter. Will man links an der Insel vorbei, schwimmt man geradewegs auf die Stromschnelle unter dem Cesistio zu, rechts an der Insel vorbei hat auch keinen Sinn, sagte ich leise zu mir, während ich mich auf Schleichwegen der nördlichen Spitze der Insel näherte. Fast hätte ich ein längeres Siegerlied angestimmt, aber dann dachte ich: Lassen wir die Sentimentalitäten, und: Wenn du richtig hinhörst, erklingt es von selbst.

6

Andererseits, und damit hatte ich wohl auch den Grund gefunden, weshalb ich in die Geschichte, in die ganze Geschichte und in die damit verbundenen Umstände – die Begegnung mit der «Inderin», mit dem Werk von Laban/Gurdjieff, mit den Casparschen Aspirationen und deren indirekter Verankerung in der Sperre zum Beispiel – verwickelt worden war, – andererseits hatte ich, wie eingangs erwähnt, schon immer das «Talent» gehabt, mich gegenüber den verschiedensten Gegebenheiten plötzlich und mit wie selbstverständlicher Notwendigkeit in die Pflicht genommen zu sehen: als wäre das geradezu mein Auftrag, meine Bestimmung: dabeizusein, wo immer es war. – Ich fühlte mich dann für Dinge «verantwortlich», die mich überhaupt nichts angingen, ja, es scheint mir heute, als sei dies geradezu die Bedingung gewesen, um eine Teilnahme meinerseits am Vorfallenden zu erwirken; – wie wenn ich es darauf angelegt hätte gar, mich nur gerade für das mir Fremdeste, Entfernteste stark zu machen, zu «engagieren», wie man heute wohl sagt.

Es war allerdings nicht so, daß ich solche Situationen bewußt suchte. Vermutlich habe ich mir einfach eingebildet, diese Dinge suchten mich – oder hätten schon immer auf mich gewartet und wären, wenn ich nicht da wäre, nirgendwo: würden ohne mein Da- und Danebenstehen in niemandes Betracht und damit der Nichtexistenz anheimfallen; hätten, mit anderen Worten, in Ermangelung eines kompetenten Zuspruchs, ohne selber darum zu wissen einfach aufgehört zu existieren. Intuitiv erkannte ich, daß dieser Zuspruch nur aus einer soliden Uninteressiertheit heraus die gewünschte Wirkung erreichte: nur wenn, habe ich irgendwann einmal sogar gedacht, ich es schaffe, mir die Dinge vom Leibe zu halten, mache ich die Erfahrungen, die man als lebendiger Organismus braucht, um der Welt, denn um diese ist es damals vermutlich gegangen, Paroli zu bieten.

Es war der reine Widerspruch. Daß ich in diesem überhaupt bewegungsfähig, sprich: lebensfähig blieb, kann ich heute nur als Folge einer gewissen Eitelkeit ansehen.

Eine Eitelkeit, die sich von außen auf mich übertragen haben mochte und die ich auf mich nahm mit der ganzen

Kraft und dem natürlichen, unbewußten Anstand und, ja, Stolz, wie sie einem als jungem Menschen zur Verfügung stehen. Daß ich mit Sennhauser über Jahre hinweg kein Wort gesprochen habe, ist vielleicht ein gutes Beispiel für diese Art von Verantwortungsbewußtsein, die selbst das, was einem das Innerste, die Seele, die alte Hasenleber, zernagte, als ein sich natürlich entwickelndes Gedeihen der Dinge hinnahm und – feierte. Man darf es, fällt mir ein, eben nicht mit Offenheit, Anpassungsfähigkeit, Toleranz und ähnlichem modischen Unsinn verwechseln. Ich habe offene Menschen immer gehaßt wie die Pest, und das hat sich, als einziges beinahe, bis heute nicht geändert. Offene Menschen sind von Grund auf falsch oder, weil ihnen in den meisten Fällen gerade diese Fähigkeit abgeht, dumm. Ich habe immer gesagt, diese sogenannte Offenheit ist ein Mißverständnis, und Sennhauser hat immer gesagt, diese sogenannte Offenheit sei nur aus der von mir angedeuteten Eitelkeit heraus zu verstehen, und nicht nur zu verstehen, sondern erst im Rahmen dieser grundlegenden Eitelkeit überhaupt wirksam. Der offene Mensch, habe ich zu ihm gesagt, ist gar kein Mensch mehr, sondern meistens nur noch ein armes Schwein, worauf Sennhauser den Kontakt mit mir abgebrochen hat und ich mit ihm auch.

Jemand, so ich zu mir, der für alles unterschiedslos und gleichzeitig und jederzeit zu begeistern sei, lebe am wesentlichen vorbei, lachend vielleicht. Er habe sich, indem er sich für *alles* entschied, gegen sich selber entschieden, und er würfe, wo er *alles* auf sich nehme, sich selber fort damit. Man müsse immer, das nannte ich die gottverdammte Pflicht zur Eitelkeit, wählen, selektionieren, Einschränkungen vornehmen, die Wünsche realisieren, sonst vertrockne man und sei bald einmal zerbrochen und/oder ein Gegenstand der Außenwelt geworden.

7

Der offene Mensch, habe ich zu Sennhauser gesagt, verwechselt Eitelkeit mit Überlegenheit. Wo erstere das Gebot der menschlichen Würde sei, habe man in letzterer nur das vergeblich simulierte Sublimat eines fundamentalen Ungenügens zu sehen (im Sinne eines fragwürdigen Ersatzes für die vermutlich ab Geburt fehlende Lebensvitalität). Wo Eitelkeit die Dinge in ihren Grenzen und damit das wahrnehmende Subjekt in seinen Möglichkeiten erfahre und erfasse, was einen mit Freude oder Genugtuung, je nach dem, erfülle, inmitten all des Schmerzes, wie der Einwurf von Sennhauser seinerzeit gelautet hat, würde einen diese vermeintlich unverzichtbare Überlegenheit in ein Klima der Isoliertheit hineintreiben. Dort entgleite man sich, ohne daß man es bemerke, das Subjekt, die traurige Figur, sieht sich von seiner eigenen Übersicht verraten und verkauft, eine psychische Verelendung und nicht selten auch eine materielle Verarmung sind die Folge: das Subjekt ist ins Nichts gestürzt und kann nur medikamentös zum Weiterexistieren aufgeboten werden – zum, so Sennhauser einmal zu Hiltbrunner, zweckmäßigen und lustbetonten Umgang mit der Lebensenergie verpflichtet werden.

Ich war nun auf der Höhe der Farnesina, ich hatte mein

Tempo etwas beschleunigen müssen, denn ich rechnete mir noch eine winzige Chance aus, meine Verspätung bei Gileti in einigermaßen erträglichen Grenzen zu halten.

Padgwe, dachte ich, Padgwe hat nach Schönheit geforscht. Unter den Besuchern, die die Amerikanische Akademie und besonders den Saal seiner neugewonnenen Freunde belagerten, hatte er Astana Caspar erblickt, die mit einem Genfer namens Roger und ein paar Damen aus der Gesellschaft auf die Öffnung der doppelflügligen Türe wartete. Der Doktor war mit einem Buch über Atlantis aus dieser Türe getreten und die Caspar hatte ihn nach den Öffnungszeiten der Seminarräume gefragt. Der Doktor war bei der Gruppe hängengeblieben, sie gingen ins «Megen», tranken etwas. Man aß, man hatte beschlossen, sich die Entwürfe für Gurdjieffs Sprungtuch in der Akademie anzusehen. Am andern Tag entdeckte er den gestohlenen Brief, das Tuch hing, ich weiß es auch nicht mehr so genau, in einem der Lesesäle, die Besucher standen jetzt in lockeren Gruppen um das einen oder eineinhalb Zentimeter über dem Boden gespannte Tuch herum. Das Bild von Aleister Crowley hing an der zur Kapelle liegenden Längswand, ungefähr vier, fünf Meter über dem Tuch. Eine handtellergroße Reproduktion von El Lissitzkys «Rednertribüne für Lenin» war mit einem Reißnagel etwa zwei Handbreit unterhalb des Bildes an der Kapellenwand befestigt. Aus dem Lautsprecher ertönte die Stimme des Führers. Der Doktor preßte die Daumen an die Ohren, es gab ein knackendes Geräusch, er schaute sich mit feucht gewordenen Augen um. Gehen wir, sagte Astana rasch.

Irgendwie hatte das Tuch Dr. Padgwe (oder war es Lissitzkys Bild, das, klein und fast unsichtbar, unerreichbar, das Gekritzel des Magiers zu beherrschen schien?) auf die Idee mit dem Krönungspodest gebracht. Es müßte, hatte er gedacht, eine Art Klotz aus einem tropischen Edelholz sein. Als Form stellte er sich den Hals eines Untiers vor, Drache, Saurier, mit Zacken aus Stahl und roh zugehauenen, gekrümmten Flächen vorne und seitlich. Das Podium sollte an einen Balkon gefahren werden können, es wäre um Tritthöhe niedriger als dieser. Auf dem Balkon hätte die Thiel zu stehen, auf dem Podium Astana. Es gäbe drei Zacken am Hals, mit quadratischer Grundfläche: recht stumpfe, pyramidenförmige Dinger also.

An jenem Abend hatte er mit Astana gesprochen; die andern standen unten an der Balustrade, die Terrasse und Luna-Park trennte, um Mario herum. Er sitzt da und zittert, rief jemand, wir legen ihm die Hand auf die Schulter, es scheint ihn ein wenig zu beruhigen. Mario sei, rief man zu den beiden hinauf, anscheinend nicht ganz sicher, ob man das Ganze nicht besser aufgeben oder wenigstens ein bißchen hinauszögern solle – vielleicht bis die Schulferien vorbei wären. Seltsam bedrückt, vernahmen sie, sei die Gemütsverfassung des Fotografen, gleichzeitig aber wirke er gelöst und heiter, wenn man mal von seinem schleppenden Gang, den erloschenen Augen, den wie entschuldigend nach vorn geklappten Schultern absehe.

Das ist, rief man, kurz gesagt der Zustand, der uns Sorgen bereitet. Und: Möglich, daß ihn die Vorstellung, die Stadt so bald verlassen zu müssen, so niedergeschlagen wirken läßt. Die Caspar hat die im Zimmer verstreuten Reiseprospekte zusammengerafft und ist, nur mit BH und

Höschen bekleidet, ans Fenster getreten. Aber es sollte doch möglich sein, brüllte der Doktor gleichzeitig zum Nachbarfenster hinaus, den Mann davon zu überzeugen, daß es nichts bringt, wenn er als einziger hierbleibt. Die Verbindung zu Zellerbach sei ohnehin abgebrochen. Gleichzeitig aber dachten beide (Astana und Padgwe): Warum eigentlich nicht? Vielleicht ist es ganz gut, wenn hier einer ist, der den Kontakt mit den italienischen Behörden aufrechterhält? In diesem Moment sagte jemand auf der Terrasse unten: Ja Herrgottnochmal, ist es denn nicht gescheiter, ihr laßt ihn hier, und er hält hier die Stellung, als möglicherweise doch noch brauchbarer Vermittler zwischen Zellerbach und den Italienern einerseits, zwischen uns und euch andererseits (der Doktor hat ja bis zuletzt eine Teilnahme an der Reise als «für mich absolut unmöglich» bezeichnet; das erklärt, von heute aus gesehen, zu einem gewissen Teil die Gereiztheit, die eine Zeitlang den Umgangston im «Megen» prägte), statt daß er unsere Leute auf Kreta verunsichert mit seinem Getue?

Später, de Sitter war mit einem Sack Packpapier aus der Stadt zurückgekommen, Spengler und Astana tanzten engumschlungen der Balustrade entlang, ging der Doktor ebenfalls hinunter. Die Terrasse wirkte wie leergefegt im buntfarbigen Licht der Neongirlanden. Aus der Musicbox, die jemand auf die Terrasse geschleppt hatte, ertönte unablässig das gleiche Stück, eine stümperhafte Swingversion des Drina-Marsches, wie man nach der dritten oder vierten Wiederholung erkennen konnte.

Es war sicher einer der intensivsten Abende, die sie jemals im «Megen» verlebt hatten, vergleichbar nur noch vielleicht mit der Nacht unter der Cestius-Pyramide, welche ihrerseits so verblüffend dem Ende der Besichtigung in Bressano-Bottarone geähnelt haben muß: nur Steine, Eis und Kunstlicht – und Tränen, jede Menge Tränen.

8

Hier ist vielleicht der Moment, wo ich erwähnen sollte, daß ich Weinmacher, Spenglers Vorgänger in Bressano, nicht persönlich gekannt habe. Ich habe jahrelang behauptet, ich hätte Weinmacher persönlich gekannt, ich hätte ihn sowohl in Como als auch im Aargauer Kunstmuseum verschiedentlich getroffen, ich hätte am selben Tisch gesessen wie er und hätte ununterbrochen auf ihn eingeredet. Aber ich habe ihn natürlich nicht persönlich gekannt. Ich weiß nur, daß er ein oder zwei Semester in Wien studiert hat, ich hatte ihn dort allerdings nie gesehen, ich weiß nicht, warum ich die Wahrheit, nämlich: daß ich Weinmacher weder innerhalb noch außerhalb Österreichs je begegnet bin, und daß, wäre es tatsächlich dazu gekommen, es mir a) nichts bedeutet und b) das Festhalten der Ereignisse, das schriftliche Festhalten der geschilderten Ereignisse und der möglicherweise zu ziehenden Folgerungen eher erschwert als erleichtert hätte, – warum ich diese sogenannte Wahrheit mehr als drei Jahrzehnte lang für mich behalten habe, bis jetzt eigentlich.

Ich habe Gurdjieffs Bild herausgetrennt und auf die Wärmepritsche gelegt, das stimmt. Ich bin an den Bassinrand getreten. Ich habe auf einem Bänklein gesessen. Sie und Spengler sollen die Führerkabine besetzt gehabt haben, Spengler am Steuer, Sie auf dem Beifahrersitz. Ich und die Pendler auf der Ladebrücke, gedrängt auf schmalen Bänken, Zylinder auf den Köpfen. Aber keiner hat Spengler in der Kabine vermutet, – Sie schon (Sie und mich schon), aber Sie und Spengler nicht. Wer hätte auch ahnen können, daß wir alle noch am Leben sind und zusammen mit Ihnen auf dem Weg in den Garten des Limner-Instituts zur Krönung der Caspar durch die Thiel?!

Als die Thiel seinerzeit fragte, ob ich sein Bild gern ins Archiv hinuntertragen würde (Gurdjieffs Bild), habe ich keine Antwort gegeben. Oder doch? Hatte es einen Sinn, Gurdjieffs Bild zusammen mit Ihrem Bild ins Archiv *hinunterzutragen*? Ja, habe ich gedacht: wenn ich mich wieder einmal in der Halle aufhalte und vielleicht darauf warte, daß die Thiel mich fragt, ob man Gurdjieffs Bild nicht vorsichtigerweise ins untere Stockwerk *hinunter-* und damit *zurück-* und förmlich *ins Archiv hinein*tragen sollte, werde ich mit: Wie, was ist los? antworten. Oder, habe ich seinerzeit gedacht, ich beuge mich dicht an das auf der Pritsche liegende Bild heran, die Finger auf dem Rücken zu einer stillen Verwünschung gefaltet, die Thiel kommt herein und fragt und ich sage: O nein, es hat noch keinen Sinn, Gurdjieffs Bild zu früh abzulegen. Oder irgend etwas in dem Stil. Tatsächlich aber habe ich die Antworten nie geben können; ich hatte irgendwie das Gefühl, die Antworten würden der Thiel nicht gefallen, oder die Antworten würden nur Verwirrung stiften: würden möglicherweise jene Antworten, die Sie in der Vorwoche angeboten hatten

– die Hubble-Konstante; die Regentagfrage; Prinzhorns Problem –, in einen der Thiel nicht zumutbaren Konnex mit dem verwundeten Bild bringen; tatsächlich habe ich gedacht, es sei dies eine gute Gelegenheit, den Drangsalierungsversuchen der Thiel einen Riegel vorzuschieben, der Thiel gewissermaßen die Grundlage für die Weiterführung ihrer Unverschämtheiten unter den Füßen wegzuziehen.

Die Thiel hat kommentarlos die Teetasse geleert und ich habe mich wieder dem Gastgeber zugewandt, der Ihnen beim Zählen der Banknoten zusah. In einem flachen Winkel sind sie vom Schemel auf das mittlerweile klatschnasse Bild heruntergeflattert. Hätte man Gurdjieff machen lassen auf seiner Insel (Capri), dachte ich, und: hätte man uns über die Absichten Zellerbachs früher orientiert. Dann müßte ich nicht hier um den Swimming-pool herumlaufen und Ihnen und meinem Bruder beim Kontrollieren der Ablösesumme für die Zusammenfassung von Kunz (Delaunay-Papiere) zuhören.

9

Der Fluß machte nun eine starke Rechtsbiegung, die ich in langen, gleichmäßigen Schwimmzügen vollzog. Links tauchte die Engelsburg aus dem Dunkel, undeutlich nahm ich die Quadriga wahr, hoch oben, unendlich weit über mir im Nachthimmel. Langsam wurde mein Kopf klarer. Der Wein, obwohl es doch nur ein paar Gläser gewesen waren, hatte mir doch erheblich mehr zugesetzt als ich erwartet hatte. Ich beschloß, die nächste etwas ruhigere

Stelle zu benützen, um ans Ufer zu schwimmen. Im Moment allerdings war an ein solches Unterfangen nicht zu denken. Die Strömung war so stark, daß man seine gute Mühe hatte, überhaupt vom Fleck zu kommen.

Mußte man, rief ich zur Via Mancini, die kurz vor dem Ponte Matteotti in die Tiberpromenade einmündet, hinauf, – mußte man sich unbedingt immer wieder zusammenreißen? War das, überlegte ich sekundenlang, überhaupt nötig? Der Platz vor dem E. Eu. Meüer-Museum war leer, bis auf ein Dutzend ebenfalls leere Reisecars, aber ich wäre vermutlich ohnehin nicht zu hören gewesen, weil zu weit draußen und im übrigen längst weitergeschwommen. Nach schätzungsweise einer weiteren Viertelstunde, in der ich, nachdem ich meine Schwäche überwunden hatte, ein schönes Stück weiter gekommen war, entdeckte ich rechterhand einen winzigen Bootssteg, der in den Wellen knarrte. Ich war nun ziemlich außerhalb des Stadtzentrums und konnte es riskieren, nur mit der Badehose bekleidet an Land zu gehen zu so später, ungewohnter Stunde.

Was hätte ich, denke ich manchmal, auch anderes tun können? Die Antwort ist immer dieselbe: Ich weiß es nicht. Und, auch dies ein schwacher – und vor allem später – Trost: Das Beste wäre gewesen, man hätte sich gar nicht erst auf dieses Abenteuer eingelassen und wäre rechtzeitig nach Hause gegangen und hätte sich dort in aller Ruhe auf den Abend vorbereitet.

Ich habe gesagt «Bootssteg». Es klingt, denke ich, ein wenig hochtrabend für die paar floßähnlich zusammengebauten Bohlen, auf die ich mittlerweile geklettert war, und die durch ein federndes, algenglitschiges Brett mit einer in Ufernähe stehenden Holzbaracke verbunden waren. Hinter der Baracke die Straße, es mußte die Ausfallstraße nach Terni sein, die da unter Kastanienbäumen am Ufer entlangführte. Es mochte bereits neun, vielleicht schon zehn Uhr oder noch später sein, die Leute saßen vermutlich vor den Überresten des Nachtessens und rauchten gemütlich eine Zigarette, hörten Radio, lasen in einem spannenden Roman. Eine unheimliche Gegend! Ich sah mich nach einem Transportmittel um, das mir dienlich sein könnte, aber da war nur ein einsamer Alfa, der, dreckstarrend und mit bis aufs Profil durchgefahrenen Reifen, am Straßenrand stand. Alle Türen waren verriegelt, nicht mal die Benzintankkappe ließ sich öffnen.

Ich begann in Richtung Parco Ada, der hier irgendwo sein mußte, zu marschieren, als ich an der Ecke einer steil zur Tiberpromenade abgetreppten Häuserzeile eine Nachtbar entdeckte, die eben zu öffnen schien. Ich ging näher, spähte neugierig durch die weit geöffnete Eingangstür. Ein alter Mann schlurfte im schwach beleuchteten Raum umher, nahm die Stühle von den paar Tischchen, die sich um eine kleine Bühne gruppierten. Ich stand unter der Tür, mit klappernden Zähnen, aber er sah offenbar keine Veranlassung, von meiner Anwesenheit Kenntnis zu nehmen. Ich schaute zu, wie er mit einem Staubsauger auf der Bühne hantierte.

Nachdem er auch die Bar betriebsbereit gemacht hatte, was eine außerordentlich schwierige und verantwortungsvolle Arbeit zu sein schien, bequemte er sich endlich dazu, mich wahrzunehmen. Ich erklärte ihm meine Lage, aber das einzige, was er mitzukriegen schien, war meine Bitte, telefonieren zu dürfen. Er geleitete mich in ein kleines Kabinett hinter der Bühne, wo zwischen allerlei Gerätschaften ein altertümliches Telefongerät an der Wand hing. Der Hörer war mit einer kompakten Schicht fuseligen, grüngelben Staubs bedeckt. Von hier aus ist seit Jahrzehnten nicht mehr telefoniert worden, dachte ich, als der Alte den Hörer in die Hand nahm. Ich diktierte ihm die Nummer, er drehte mit zittrigem Finger die Wählscheibe. Nach einer Weile verdrossenen Lauschens hielt er mir den Hörer hin. Ich nickte ihm bestätigend und in deutlicher Dankbarkeit zu, als ich die mir so vertraute Stimme vernahm. Ohne Vorrede und in dringlichstem Ton bat ich, man möge mich da und da (den Namen des Lokals las ich von einer an der Wand hängenden Portiersmütze ab) abholen und etwas Geld und vor allem Kleidung herbringen.

Ich bin mit den Nerven am Ende! rief ich in den Hörer. Hol mich raus hier! Sofort!

Ich reichte dem Alten den Hörer, der ihn voll mitfühlendem Ingrimm auf die Gabel drückte.

Knapp eine dreiviertel Stunde später betrat ich, immer noch müde und abgekämpft, aber frisch rasiert und in tadelloser Kleidung, den Aufenthaltsraum des «Megen». Gurdjieff hatte mit dem Vortrag noch nicht begonnen, war noch gar nicht da, und ich zwängte mich dankbar in die erste Reihe des geräumten und mit Konzertbestuhlung versehenen Saales, das unwillige Gebrumm der etwa dreißig, vierzig Anwesenden, alles Ausländer, mit ein paar schüchternen Entschuldigungen parierend.

II.

Der Rat des Dompteurs

1

Warring hatte sich bei einer einfachen, auf sympathisch zurückhaltende Weise sich vornehm gebenden griechischen Familie eingemietet; zwei schmale, schmuddelige Räume, der eine lag gegen die Gasse hinaus, der andere befand sich direkt über der Zufahrt zu einem baufälligen Schuppen, der früher einmal als Waschküche und Holzlager gedient hatte. In diesem Schuppen hatten vorübergehend Spengler, Astana, Denise und Zellerbachs Pilot Aufnahme gefunden – halb gratis, hatte der Pilot händereibend zum Doktor gesagt, und die Griechin habe versprochen, sich im Dorf nach etwas Besserem umzuhören, aber es dauere vielleicht ein Weilchen. Ihr Mann habe einen Posten am Limner-Institut – was für einen Posten? fragte Dr. Padgwe – und auch er wolle sich bemühen, eine rechte Wohnung für die vier zu finden.

Warrings Zimmer waren spärlich ausgestattet, mit alten und viel zu großen, aber immer auf Hochglanz polierten Möbeln. Es gab ein Klavier, das mit einem schwarzen Tuch vor Staub geschützt wurde, einen gewaltigen Polstersessel im einen, ein ebenso mächtiges Sofa derselben Machart im andern Zimmer, auf dem Warring schlief. Er hatte einmal versucht, den Deckel des Klaviers zu heben, aber er war verschlossen gewesen, und Warring hatte die Vermieterin nicht fragen mögen, was das zu bedeuten hätte.

Die Thiel, die ein wenig Griechisch konnte, hatte bald herausgefunden, daß das Bild in der Limnerschule hing. Sie und der Doktor hatten sich mit Warrings Vermieterin, einer gewissen Mrs. Vifian (ihr Mann war Holländer, er war im Verlaufe seiner Flucht vor den Nationalsozialisten auf Kreta hängengeblieben), lose angefreundet. Die Tage waren lang, und Spengler hatte, wenn er den täglichen Bericht an Zellerbach geschrieben hatte, viel Zeit. In den ersten Wochen hatten sie etliche Ausflüge ins Innere der Insel unternommen. Am frühen Abend schrieb Spengler seinen Bericht, Paula Thiel half Mrs. Vifian beim Einkaufen oder kochte, wenn Mrs. Vifian im Institut aushalf – was abends eigentlich fast immer der Fall war –, selbst. Nach dem Essen gingen alle sechs in die Bar des kleinen Hotels am Hafen, wo die Thiel und der Fotograf Aufnahme gefunden hatten, oder versuchten, im Billardclub etwas über die Verhältnisse in der Heimat zu erfahren. Die Bedienung der Hotelbar war eine ehemalige Biologiestudentin aus Athen, die ihnen, wenn sie, morgens um vier von den Hügelkonzerten zurückkehrend, um einen Schlummertrunk baten, das Wichtigste aus den griechischen Morgenblättern übersetzte.

Nadine, so hieß das Mädchen, hatte ihr Studium im vorletzten Semester abgebrochen und sich an diesen abgelegenen Ort zurückgezogen, um, wie sie erklärte, sich endlich einmal in aller Ruhe zu überlegen, wie sie ihr weiteres Leben am besten gestalten sollte; es sei höchste Zeit dazu gewesen.

Mario erzählte ihr, auch er habe einst eine ähnliche Phase durchgemacht. Er war lange Jahre als technischer Berater im Außendienst tätig gewesen, hatte sich dann aber im Laufe einer persönlichen Krise, die mit dem Ende des Krieges (auf den er im übrigen weder Warring noch de Sitter gegenüber jemals näher einging) zusammenfiel, nach und nach der Fotografie zugewandt. Der Großvater seiner geschiedenen Frau unterstützte ihn anfänglich mit kleinen Geldsummen, überließ ihm sogar für eine Weile das Ferienhaus in H., das er, der Großvater, der im Sport-Toto über eine Million gewonnen hatte, nicht mehr benutzte. Er war mit seiner Frau nach Ostafrika ausgewandert und hatte Mario – bis dieser sich etwas erholt hätte – das kleine Häuschen überlassen.

Es lag etwas abseits der Landstraße an einem Waldrand. Corti habe noch jahrelang nicht nach H. fahren können, ohne einen kurzen Blick hinüberzuwerfen, und er war froh, als Andrea, seine kleine Tochter, mit ihrer Mutter aus der Umgebung der Sägerei wegzog.

Diese leise Wehmut, die mich jedesmal beschlich, wenn ich nach H. fuhr, um Andrea das Geburtstagsgeschenk zu bringen! habe er zu der Bardame gesagt; – nein, wem das Haus heute gehöre, sei ihm nicht bekannt.

Der alte Schönstein, der es nach Marios Wegzug – er hatte beschlossen, die erwähnte Tätigkeit als Fotograf zumindest versuchsweise auf etwas professionellerer Basis weiterzuführen und war in die italienische Hauptstadt gezogen (wo er mit Padgwe und den Leuten um Zellerbach bekannt geworden ist) – eine Zeitlang selber bewohnt, obschon es zu diesem Zeitpunkt rechtlich bereits seiner Enkelin gehörte. Als er im Winter '46 an einer Blutvergiftung starb, verkaufte sie es an die Sägerei, die damals noch an der Abzweigung zum Waldrand lag. Es sei damals viel geklatscht worden über die beiden, über den Haß, der sich im Laufe der Jahre zwischen ihnen aufgebaut hätte und darüber, wie dieser sogenannte Haß schließlich auf die Beziehung zwischen Corti und dem alten Schönstein abgefärbt und letzteren am Schluß dazu geführt habe, das Haus seiner Enkelin zu schenken, noch bevor er aus Afrika zurückgekommen war, um selber darin zu wohnen mit der Großmutter. Und jene Oktobernacht, als die Bauern das Haus umstellten morgens um drei – Mario hatte in einem Anfall von jedes vernünftige menschliche Fühlen niederwalzender Schwermut die ganze Nacht in der Gegend herumtelefoniert und die Leute gegen die beiden Alten in der Hütte aufgehetzt –, gebe zu reden bis heute, habe Corti der Bardame weiszumachen versucht, was ihm allerdings, wie Warring einer der wenigen Passagen, wo sich Spengler direkt zu den zwischenmenschlichen Verhältnissen auf Kreta äußerte, entnommen habe, nicht oder nur bedingt gelungen sei. Schwamm darüber!

Dr. Padgwe, der in einem verfallenen Turm etwa drei Kilometer dorfauswärts Quartier bezogen hatte, pflegten Spengler und Astana regelmäßig jedes zweite Wochenende zu besuchen. Manchmal war Corti dabei, selten der Pilot, die Vifians nie. Der Doktor tischte seinen berühmten Retsina auf, dessen Bezugsquelle er nie verriet, nach zwei Stunden rief die Thiel an und fragte, ob sie zurechtkämen, und er sagte, aber klar, alles klappe bestens, während Spengler und Astana Caspar vielleicht schon am hell beleuchteten

Eßtisch saßen und Mario, wenn er dabei war, oder den Piloten, je nach dem, oder einander gegenseitig über die weiteren Pläne das Bild von Gurdjieff – das, sollte es unter den Limnern nicht zu finden sein, der Doktor bis spätestens Ende Juni in den Mast eines im Seefahrtsmuseum von Barcelona entwendeten Schiffsmodells zu schnitzen versprochen hatte – oder über die weiteren Pläne die Sperre (Spengler-Sperre) betreffend orientierten. Bis der Doktor mit nasser Stirn und blutleeren Lippen und Ohren vom Telefon zurückkam und sagte: Wo waren wir steckengeblieben?

2

Sie kenne sich inzwischen doch ein bißchen aus im Städtchen, sei auch mit dem Personal des Instituts vertraut und habe, alles über Mrs. Vifian vermutlich, wohl schon recht gute Kontakte mit der Institutsleitung geknüpft, sagte Warring gegen Ende der neunten Woche ihres Aufenthaltes auf der Insel zur Thiel. – All das seien Pluspunkte, die nicht außer acht gelassen werden dürften. Er habe die Weisung erhalten, vorerst mal den Gurdjieff Gurdjieff sein zu lassen und sich direkt, das heißt: auf der Basis der durch dieses Beiseitelassen entstandenen Bewegungsfreiheit an das dritte Bild heranzuarbeiten. Die Amerikaner seien ungeduldig geworden, habe Zellerbach de Sitter gegenüber verlauten lassen. Zellerbach habe den Amerikanern erklärt, daß nur über geduldig abzutrabende Umwege an das Bild heranzukommen sei. Die Amerikaner hätten die

Frage aufgeworfen, ob nicht sie, die Thiel, ein Essen mit der Institutsleitung arrangieren könnte – möglichst bald natürlich, und möglichst ohne Spengler. –

Das Essen kam, hat Warring erzählt, natürlich nie zustande.

Mit ‹nie› meinte er: nicht in der Form, wie man es sich vorgestellt hatte. Es gab wohl eine heiße Suppe in der Kantine, Mrs. Vifian sei, da es sich gewissermaßen um ein «Arbeitsessen» gehandelt habe, dabeigewesen, ferner der Direktor des Instituts, ein gewisser Moroni, dann der Pilot, der im Namen Zellerbachs sprechen sollte, die Thiel, die Caspar, ein Vertreter des Stiftungsrates und Dr. Padgwe, um die wichtigsten zu nennen.

Die Personalkantine war ein eingeschossiger, hocheleganter Flachbau aus Stahl und Glas. Es war, wie Warring, der fast eine Stunde zu spät kam (ein bißchen übernächtigt zwar und ein wenig gedämpft, aber immerhin: er war zur Stelle), erklärt wurde, das erste Gebäude dieser Art auf der Insel. In vielleicht zehn Metern Entfernung erhoben sich die wuchtigen alten Mauern des Instituts. Über alte Dächer und Balkone wuchsen Glyzinien, deren blaßviolette Blüten wie Trauben herunterhingen, im Kantinengarten blühten Tulpen, Hyazinthen, Narzissen, eine Art Osterglocken, und an einem Magnolienbaum waren die rosaroten und weißen Knospen weit offen. Daneben waren auch Palmen, Oleanderbüsche und andere erblühende oder bereits erblühte Büsche und Bäume zu sehen, deren Namen Warring nicht kannte. Er verlangsamte seinen Schritt, bis er unvermittelt hinter einem dichten Haselnußgestrüpp stand. Er war zum erstenmal hier, und als er hörte, daß nach dem Essen ein kleiner Rundgang durch das Areal auf dem Programm stand, war ihm das sehr recht.

Moroni erklärte, der Botschafter sei leider verhindert, aber er sei über das Treffen orientiert, und er habe nichts dagegen. Ich glaube zwar, daß Sie, damit wandte er sich an die Thiel, sich erheblich täuschen, wenn Sie das Sprungtuch von Gurdjieff in der Institutskantine vermuten – aber nun wolle man erst einmal eine kleine Stärkung zu sich nehmen. Zum Wohl allerseits! Er hob das Glas, nahm einen kleinen Schluck und setzte sich.

Warring hatte einen Platz zwischen Astana und einem ihm nicht bekannten, älteren Herrn, der mit steifem Rükken dicht an der Tischkante saß. Warring gegenüber saß der Direktor, flankiert von zwei jungen Mädchen, Engländerinnen vermutlich, dachte Warring, oder Französinnen. Sie hatten reichlich wohlgenährte, gesunde runde Gesichter, sie waren ausgesprochen guter Stimmung, und als eine Küchenhilfe endlich die Suppe auftrug, begannen sie unverzüglich und mit augenscheinlich gutem Appetit zu essen.

Der Direktor war ein sich distinguiert gebender Pinsel mit einem gleichzeitig grauen und düsteren, dabei irgendwie verschlafen wirkenden Gesicht und schmalen Schultern. Er war vielleicht etwas zu selbstbewußt für sein im Grunde nicht so wichtiges Amt, und als er zwischendurch wieder einmal hinaushastete, um einen dringenden Anruf zu erledigen, sah man, daß er über eins neunzig groß und keineswegs so unbeweglich war, wie Warring gedacht hatte. Das ist Direktor Moroni, hatte ihm Astana hinter vorgehaltener Hand zugeflüstert, aber Warring, der in die

Betrachtung der an Stellwänden hängenden Filmplakate versunken war, achtete nicht darauf. Nach einer Weile, man hörte jetzt nichts mehr als das fröhliche, von keiner barmherzigen Pause unterbrochene Schlürfen der beiden Mädchen – es waren, hatte Warring erfahren, die Töchter des neben ihm sitzenden Mannes, eines ehemaligen Spions aus La Hoche, und er fragte sich, ob er nach dem Essen nicht versuchen sollte, etwas mehr über die drei in Erfahrung zu bringen –, wandte er sich an Astana und sagte: Entschuldige bitte, aber ich frage mich die ganze Zeit ... – in diesem Augenblick platzte die Thiel mit einem lauten, gellenden Geräusch heraus, es muß eine Art langgezogenes, meckerndes Geheul gewesen sein, wie es nur Menschen möglich ist, die ihre Stimme einerseits lange und sorgfältig geschult, die dies aber ebensolange vor der Öffentlichkeit geheimgehalten haben.

Der Spion sei erschreckt aus dem Sitz hochgefahren, Dr. Padgwe, der links von ihm saß, erhob sich ebenfalls, rief irgend etwas Unverständliches zum offenen Fenster hinaus und drückte den Spion wieder in den Sitz zurück. Die Frau des Direktors, die in eben diesem Augenblick am Arm ihres Mannes den Raum betreten habe, sei völlig verwirrt an den Tisch getreten und habe, nachdem sie sich in aller Form beim Spion entschuldigt hatte, diesen am Arm aus dem Sitz gezogen und neben sich auf den freien Stuhl zwischen ihr und Mrs. Vifian gesetzt. Die Thiel sei mit kreidebleichem Gesicht hinter ihrem Teller gesessen, und habe sich, als abgetragen worden war, mit den beiden Mädchen und Zellerbachs Pilot wortlos in die im hinteren Teil der Kantine gelegene Sitzgruppe zurückgezogen. Warring,

Mrs. Moroni, Dr. Padgwe und der Spion hätten noch ein paar Runden Bridge gespielt, über das Sprungtuch von Gurdjieff sei kein Wort mehr verloren worden und über die Delaunay-Papiere auch nicht.
Später habe Moroni Warring über die Geschichte des Limner-Instituts aufklären wollen, über seine, Moronis, Aufgabe im Institut und über die Limner-Malerei (eine amerikanische Variante der «Kunst der Naiven») ganz allgemein. Aber Warring, der ununterbrochen verloren hatte, habe sich nicht genügend auf die Ausführungen Moronis konzentrieren können, hat er gesagt.

Kurz vor Mitternacht war die ganze Sache ausgestanden, der Rundgang wurde, in Anbetracht der späten Stunde, auf ein unbestimmtes Datum verschoben. Am folgenden Tag kam eine Mitteilung der Institutsleitung, gemäß der Institut wie Kantine bis auf weiteres geschlossen bleiben würden. Eine Begründung war nicht zu haben, sagte die Thiel, die mit einem Korb frischer, riesiger Oliven vom Markt zurückkam.

Wieso nicht? fragte der Doktor.

Die Thiel zog die Schultern hoch. – Es hat geheißen, sagte sie, Mrs. Moroni (die Frau des Institutsleiters) sei überraschend und schwer erkrankt. Andere hätten gesagt, Moroni habe den Termin für den Beginn der Sommerpause absichtlich um volle acht Wochen vorverschoben, um, wie er erklärt habe, die Räume noch vor der Krönung für die Ausstellung vorbereiten lassen zu können. Dies habe zu Differenzen innerhalb des Stiftungsrats geführt, was wiederum einen Weiterverbleib der Kranken im Institut endlich gänzlich verunmöglicht habe, so daß, als Gipfel der Fadenscheinigkeit gewissermaßen, der Beschluß zu einer Überführung der Kranken nach Athen habe gefällt werden müssen.

Die Wahrheit ist vermutlich, hat die Thiel zum Doktor gesagt, daß man uns den Zutritt zum Areal auf diese Weise – daß man uns den Zutritt zum Areal auf diese hilflose und auch ein bißchen unverschämte Weise zu verwehren versucht, aber es wird ihnen nicht viel nützen.

3

Irgendwann in der zweiten Julihälfte begann der Doktor überall im Dorf herumzuerzählen, er und Spengler hätten Mrs. Moroni, deren Zustand sich stetig – teils in Ermangelung einer regelmäßigen fachkundigen Betreuung, teils, hat man gesagt, aus den einer raschen Gesundung sich entgegenstemmenden Widerständen in der Kranken selbst – verschlechtert hatte (es war also doch nicht alles erlogen gewesen), in einer nachtlangen Fahrt von Kreta nach Athen gebracht.

Hätte man sie nicht mit der Privatmaschine des Botschafters nach Athen fliegen können? wurde der Doktor gefragt. Klar, sagte Padgwe, wir haben uns das einen Moment lang überlegt, aber dann habe sich der Pilot geweigert, die Verantwortung auf sich zu nehmen. Ich kann es mir nicht leisten, habe er, Zellerbachs Pilot, gesagt, ohne die Einwilligung Zellerbachs (der ohnehin nicht erreichbar gewesen wäre), eine kranke, alte Frau in einer wildfremden

Maschine nach Athen zu fliegen. Gibt es etwas Widerwärtigeres als die Jämmerlichkeit eines erbärmlichen Feiglings, habe der Doktor zu Spengler gesagt, was meinst du, Pierre?

So verging wertvolle Zeit, in der die Moroni mehr und mehr verfiel, ohne daß auch nur das Allerdringendste unternommen worden wäre. Bis Dr. Padgwe auftauchte und behauptete, er müsse unverzüglich nach Athen, er habe ein Telegramm von meinem Bruder erhalten, wonach dieser ihm das Bild von El Lissitzky und eine frühe Zusammenfassung der Delaunay-Papiere (Zusammenfassung von Kunz) im Tausch gegen Gurdjieffs Bild und den Schuber von Durrer anzubieten habe. Die Übergabe solle im Hotel «Herodion» stattfinden, in dem er, mein Bruder, für zwei Tage abgestiegen war, berichtete Padgwe. Ich habe das Gefühl gehabt, sagte Warring seinerzeit zu mir, daß der Doktor über die wahren Beweggründe deines Bruders nicht informiert war. Wenn es stimmt, was Dr. Padgwe gesagt hat, kann es gar nicht anders gewesen sein, als daß dein Bruder ihn gewissermaßen als Lockvogel benutzt hat, um an das dritte Bild, besser gesagt: um an die beim Abstoßen des dritten Bildes erwarteten Gewinne heran- und damit für eine Weile aus der eigenen Misere, in der er damals gesteckt haben muß, herauszukommen. Entschuldigung.

Du brauchst dich nicht zu entschuldigen, sagte ich.

Sie fuhren in der Nacht, es war ein neues, schnelles Motorschiff. Mrs. Moroni hatte eine Innenkabine gleich neben dem Postbüro. Nachdem die Leidende einquartiert war, orientierten sie den Schiffsarzt, einen Polen mit einem roten, grobporigen Gesicht namens Schuler. Sie erklärten ihm, daß sie froh wären, wenn er, oder jemand fachlich Ebenbürtiger aus der Crew, hin und wieder nach ihr sehen würde. Sie sagten, es handle sich bei der Kranken um eine hochgestellte Persönlichkeit. Der Bordarzt, ein ausgesprochen umgänglicher Mann, machte einen zuverlässigen und kompetenten Eindruck, und sie gingen beruhigt schlafen. Als sie gegen sechs Uhr morgens in den Hafen von Piräus einliefen, war die Moroni tot. Sie war kurz nach Mitternacht schon gestorben, niemand hatte etwas bemerkt. Sie hat einen schmerzlosen, wenigstens das, Tod gehabt, sagte Dr. Schuler. Sie telegraphierten ans Institut, Dr. Padgwe fuhr mit einem Taxi in die Botschaft, um von dort aus die weiteren notwendigen Schritte zu veranlassen, Spengler fuhr ein Stück mit, ließ sich beim «Herodion» absetzen.

Sie seien fünf oder sechs Tage im «Herodion» geblieben. Nachdem der Rücktransport der Verstorbenen nach Kreta und von dort in Begleitung des trauernden Gatten in die Heimat sichergestellt war, hätten sie ein wenig Erholung dringend nötig gehabt. Spengler verbrachte die meiste Zeit, wenn er nicht gerade einen Bericht an Zellerbach (der im übrigen unauffindbar blieb) schrieb, mit einer im griechischen Exil lebenden Großfamilie aus Ankara. Der Doktor suchte im Inseratenteil des «Ausländers» nach irgendeinem verborgenen Hinweis auf die verschwundenen Bilder oder schnitzte an seinem Segelschiff herum. Abends saß er in der Hotelhalle und versuchte sich an einer Übersetzung der Randnotizen in einer Taschenbuchausgabe von «Zorba, the Greek», die er in der kleinen Hotelbibliothek gefunden hatte, mein Bruder half ihm dabei. Ich kann mir das zwar jetzt noch kaum vorstellen, hatte Warring gesagt, aber Spengler schien tatsächlich größten Wert darauf gelegt zu haben, Fred als äußerst kooperativen, um nicht zu sagen: schon fast servilen Partner zu schildern, aber es scheint ihm nicht immer gelungen zu sein. Mindestens Padgwe hat meinen Bruder immer nur als «Filou» angesehen, als unzuverlässigen Windbeutel – als wohl charmanten, aber im Grunde labilen schlauen Nichtsnutz.

Obwohl es manchmal weh getan hat, habe ich nie Lust gehabt, dem Doktor meine eigene Beurteilung des Charakters meines Bruders darzulegen.

Den 1. August feierte man noch im «Herodion»; die Unterlagen über den Verbleib der Delaunay-Akte waren immer noch nicht eingetroffen, Padgwe, der sie telegraphisch angefordert hatte, versuchte, Fred hinzuhalten an der Hotelbar, Spengler war mit den Türken in der Stadt. Anderntags, einem äußerst heißen und deprimierenden Augustsonntag, reisten Spengler und der Doktor zurück nach Kreta.

4

Es ist bekannt, daß ich mich immer darüber gewundert habe, daß ich den Moment, in dem der Doktor aus dem Sattel geglitten ist, um Spengler und euch die Plätze für Corti und uns zu zeigen, verpaßt habe; aber ist es nicht auf grauenvolle Weise noch viel wunderbarer, daß die letzten Vorbereitungen zur Krönung genau in diesem Augenblick einsetzten, ohne daß es jemand zu bemerken schien? Und daß man dazu den Garten benutzte und nicht die Kantine, wo es kühler gewesen wäre, und wo man Moroni beim Hochziehen der Bilder hätte helfen können, ohne den einsetzenden Jubel zu unterbrechen, um stundenlang nach der Lichtkanone zu suchen?

Es waren sechzehn Pendler auf dem Lastwagen, einem Vorkriegsmodell deutscher Herkunft. Wir hatten eine Gruppe von zehn Mann ins Institut vorausgeschickt. Ich saß auf der Ladebrücke, den Zylinder auf dem Kopf, Brotkrumen am Hemdkragen, Eigelb am Kinn. Eine Hand habe an den Farbkanistern herumgefummelt, die andere habe locker auf dem Oberschenkel gelegen. Ich hatte den Auftrag gehabt, meine Medaille – seine Medaille, wie Sie sie noch Jahrzehnte später bezeichnet haben – zu hüten. Zwei Tage später erzählte ich, ich hätte sie verloren. Aber in jenem Augenblick habe ich sie natürlich längst wieder gefunden gehabt. Ich habe sie wieder entdeckt: die Urkunde unversehrt in einem Klarsichtmäppchen, auch die silberne Medaille war da, aber das Samtetui für die Medaille war definitiv verschwunden, und wir haben die Hoffnung, es wiederzufinden, aufgegeben. Dr. Padgwe hat den Namen des Goldschmieds nicht herausgefunden, und wir sind der vorausfahrenden Limousine, die schnurrend in den Kiesweg zum Institut einbog, gefolgt.

Die Straße führte in eine Art Tunnel, dessen Wände von stockwerkhohen Getreidesäcken gebildet wurden, die hier, den Grund habe ich nie erfahren, über einem rahmenartigen Gerüst hingen. Die Wand wurde, soweit man das von der Brücke herunter feststellen konnte, von außen zurechtgezupft. Es waren Griechen und Italiener, die das besorgten, erklärte man uns. Sie seien zu viert pro Tunnelseite. Eine Art Steinmanschette, die den Tunnel, der im übrigen direkt in den sich seitlich von Institut und Kantine vergrößernden Garten zu führen schien, links und rechts gegen die aufsteigende Erdfeuchtigkeit absicherte, drücke ihnen gegen das Schienbein. Sie trügen helle Arbeitskleidung.

Langsam fuhren wir weiter. Die Limousine mit der Caspar und der Thiel war schon aus dem Tunnel heraus und hielt inmitten einer Gruppe von in Leder gekleideten jungen Leuten. Die Caspar und die Thiel stiegen aus, Dr. Padgwe jagte auf einer schweren deutschen Maschine heran und stellte den Motor ab. Die Pendler kletterten von der Ladebrücke und begaben sich hinter den Zaun, formierten sich unter den Nummernschildern lachend und feixend für das Gruppenfoto. Mich habe man, einer Empfehlung de Sitters folgend, nicht vom Wagen herunterholen wollen; ich hätte weiterhin auf dem Bänklein gesessen, hätte mich aber nach einer Weile – und rechtzeitig, wie meine Bilder beweisen – doch noch unter die Pendler mischen können.

5

Neben Denise stand eine kleine, gebeugte dunkle Gestalt. Sie drehte sich ein paarmal um die eigne Achse, sie lehnte sich an Denise. Wer ist das? fragte jemand, mir kam es vor, wie wenn ich es gewesen wäre, der gefragt hätte, vom Lastwagen herunter. Das ist Mario, sagte Denise und setzte sich zu mir in die Kabine. Er hatte sich inzwischen in die Tunnelausfahrt begeben, stellte sich auf einen Bordstein. Er preßte sich im Dunkeln an die Tunneltücher. Wo ist er jetzt? fragte ich, und was tut er dort? Ich hatte den Sammler aufs Trittbrett gezogen, jetzt saßen wir alle auf den Rohrstühlen in der Kabine, neben uns die Limousine Moronis mit laufendem Motor und offenen Türen. Er schämt sich, sagte Denise. Aber das ist noch lange kein Grund, sich zu verdrücken mit der Ausrede, pinkeln zu müssen, rief jemand. Holt ihn her, wurde befohlen, und wieder schien es mir, als sei es meine Stimme gewesen. Aber es war de Sitters Stimme, sie ertönte aus dem Dunkel, das nun auch auf die Kabine übergegriffen hatte. De Sitter möchte, sagte Denise, daß Mario zu winseln aufhört. Wir fuhren hinüber zum Pendlergatter, Spengler, Denise und ich in der Kabine, ich lenkte den Wagen, während de Sitter in die Schlafkoje geklettert war und am Tonbandgerät manipulierte. Denise machte Licht und studierte eine Ansichtskarte, die sie im Handschuhfach gefunden hatte. Hier waren wir auch schon, du und ich, meinte sie und streckte mir die Karte hin. Es war eine Campari-Reklame mit dem Bild der Fluhmühle, dahinter die Gewerbeschule und der Wald. Die Schule lag etwas erhöht, alle Fenster waren dunkel.

Ich wendete und fuhr seitlich vor die Tunnelausfahrt. Der Fotograf stand leise winselnd zwischen den sich bauschenden Tüchern, die mageren Schultern hochgezogen bis an den Rand seines grellbeigen Panamahutes. Denise steckte die Karte ins Ablagefach zurück und wartete. Aus der Koje ertönte eine Instrumentalfassung von Aleister Crowleys ‹Mara, du hast mich wieder in den Hals gebissen in der Nacht›. Lauter! schrie Spengler, der Fotograf zuckte zusammen und wandte den Kopf mit den geschwollenen Augen zum Wagenfenster. Denise griff über meine Beine hinweg nach der Kurbel, lehnte sich vor mir über das Steuer. Mario hatte sich jetzt ganz umgedreht, er schien es ganz darauf abgesehen zu haben, Mitleid herauszufordern. Denise kurbelte das Fenster herunter und fragte: Kommst du, Mario? Ihre Stimme klang weich; ich betrachtete den weißen Streifen, den ihre sich auf dem Hinterkopf teilenden Haare sichtbar werden ließen. Ich fuhr mit der Fingerkuppe über den weißen Streifen, der Schädel darunter fühlte sich gleichzeitig weich und knöchern an. Sie kicherte.

Es war sechs Uhr abends, und wir hatten jetzt seit achtundvierzig Stunden nicht geschlafen. Mario, der den mittlerweile hochrot gewordenen Kopf gesenkt hatte und mutlos an seiner kleinen Gestalt heruntersah, hob den rechten Arm und legte die geöffnete Hand flach auf Denises tränenüberströmtes Gesicht. Ich könnte mir vorstellen, sagte er, daß ich euch ein wenig lächerlich vorkomme, aber ich nehme es euch nicht übel, denn ich weiß, daß jeder von euch einen heimlichen Haß aufgebaut hat gegen mich, und daß euch mein Pech schon deshalb nicht ganz unwillkommen war, aber nicht nur deshalb allein.

Red, murmelte Denise mit feuchtem Schmelz in der Stimme unter Marios breiter Hand hervor, kein dummes Zeug! Du gehörst zu uns! Er möchte jetzt endlich so gut sein und die Faxen lassen und aufsteigen – oder ob er sich etwa von der Motorradeskorte des Doktors ins Hotel bringen lassen wolle.

Am liebsten schon, seufzte der Fotograf. Es war nicht mitanzusehen. Ich sagte: Müssen wir uns diese Jämmerlichkeit eigentlich gefallen lassen und wenn ja, wie lange noch? Und: Laß ihn allein zur Besinnung kommen; und: Letztendlich ist es nicht unser Problem.

Mario hatte alles gehört, er sank noch mehr zusammen, fast wollte er uns wegknicken, aber im letzten Augenblick sprang de Sitter aus der Schlafkoje direkt in die Tunnelausfahrt, legte sich den Waschlappen auf die Schulter und warf ihn auf die Ladebrücke. Danke Danke Danke, rief die elende Gestalt noch, dann hatte er es sich zwischen den Farbkanistern bequem gemacht. Ab gehts, sagte der Sammler, der wieder zugestiegen war, ins Bordmikrophon. Endlich, meinte Denise, ich hätte nicht gedacht, daß wir jemals wieder von hier wegkommen. Ich rammte mit unterdrückter Wut den ersten Gang ein, und wir brausten singend und johlend davon. Die Demütigung des Fotografen hatte uns alle wieder lebendig und froh gemacht – als ob er eine von uns allen gestellte Aufgabe zufriedenstellend gelöst hätte. Allein daraus mögen Sie entnehmen, wieviel wir von ihm hielten und von seinem sogenannten Engagement in Sachen Spengler-Sperre.

Auf der andern Seite darf nicht übersehen werden, daß Corti den ersten Entwurf (Vertrag mit der Thiel) schon Jahre vor seiner Übersiedelung nach Rom und seiner Bekanntschaft mit Zellerbach und Zellerbachs Leuten auf dem Sekretariat der Amerikanischen Akademie hatte deponieren lassen, was Warring allerdings nicht wissen konnte. Er, Corti, sei 1936 oder 1937 schon in die italienische Hauptstadt gereist, hat er einmal zu mir gesagt, und als ich fragte: Ja, zum Teufel, woher hast du gewußt, daß du einmal in die Sache verwickelt werden würdest, hat er geantwortet, das habe er damals natürlich noch nicht ahnen können – wissen schon ein bißchen, aber ahnen eben noch nicht so richtig –, und daß das Limner-Institut – als osteuropäischer Stützpunkt gewissermaßen – den äußeren physischen Rahmen für die Krönung bilden würde, wäre ihm damals nicht im Traum eingefallen. Ich sagte: Ja, ich weiß, das Alltägliche daran ist gerade das Besondere, wenn ... – wenn er selber, unterbrach der Fotograf mein Gestammel, die Feier in der Galerie im Dorf nicht von Anfang an über die Initiation gestellt hätte, mit andern Worten, wenn er, Mario, nicht von Anfang an den ganzen Vertrag mit der Thiel auf die Durchführung dieser Feier in der Galerie hin umgearbeitet und auf das die Feier abschließende Treffen mit meinem Bruder und seinen Leuten in Bressano hin abgeändert hätte.

Sie denken, Mario hat die Krönung mit einem Festessen in Bressano abschließen wollen. Sie denken: Dieser Entschluß muß beim ersten Griechenlandaufenthalt gefallen sein. Sie denken wahrscheinlich, und erst jetzt wird mir klar, wie recht Sie haben: Diesen Entschluß hat Mario anläßlich seines ersten Besuches auf Kreta gefaßt, und ich sei sicher, daß er diese Insel im Meer nie verlassen hätte, ohne schon den ganzen Vertrag im Kopf zu haben – als Vorschlag gewissermaßen –, aber ich bin nicht sicher. Und daß er dann in Zürich im selben Atelier sein Praktikum gemacht hat wie Zeichner Hiltbrunner, mag Ihnen eine kleine, windige Bestätigung Ihrer Vermutungen sein oder meinetwegen mehr, aber es stimmt nicht.

Was Sie übersehen haben beim Zutagefördern Ihrer sogenannten Gedanken ist, daß Cochard, Prof. Raoul Cochard, damaliger Attaché an der amerikanischen Botschaft, die Formulierungsvorschläge für den Vertrag lange vor Zellerbachs Auftreten als die möglicherweise verbindlichsten und gleichzeitig die möglicherweise verläßlichsten unter den, bildlich gesprochen, Tisch gewischt hat; und was in Ihren sogenannten Gedanken nie zum Vorschein kam und kommen konnte ist, daß Mario den fertigen Vertragsentwurf lange vor Zellerbachs Auftreten und lange vor meinem Kommentar zu Zellerbachs Auftreten unter dem, immer noch bildlich gesprochen, Tisch wieder hervorholte und sie nach Capri geschickt hat, Gurdjieffs Insel im Meer. Dorthin hat sich einmal einer zurückgezogen für die Überarbeitung des Vertragsentwurfs, und es ist jetzt unschwer zu erraten, daß es Mario selber war oder mein Bruder. Vergessen Sie das nie!

Dieser sogenannte Vertrag sei es gewesen, hatte man uns gesagt, den der Fotograf in seinen sogenannten Gedanken und in den sogenannten Gedanken des eigentlichen Verfassers – *mir* – sich habe entwickeln und verwerfen sehen, und daß eine verdammte Ähnlichkeit mit dem Jahre später zwischen Zellerbach und seinen Leuten und Sammler de Sitter geschlossenen Vertrag nicht unbedingt, dagegen mit dem Paket von Zusatzklauseln über die Nachfolgefestlichkeiten in der kleinen Stadt am Fuß des Ceneri schon viel eher festzustellen gewesen sei, als er das Manuskript in Rom an der Akademie vorbeigetragen habe. In ebendemselben Rom übrigens, wo wir campierten am Fuß der Cestius-Pyramide, auf den Tag genau ein Jahr nach dem Tod von Marina Moroni und sechs Monate vor dem Erscheinen von Aleister Crowleys kritischer Synopsis der Placebo-Theorien von Rudolf «Bodenweg»-Laban und Johann Moritz Cagel.

6

Die zweite (und letzte) Reise nach Athen unternahm der Doktor allein.

Es war zwei Wochen nach dem überraschenden Abbruch der Vorbereitungen zu den der Krönung folgenden Festlichkeiten, die nun, nach dem Willen des Doktors, nicht mehr im Institut, sondern im Dorf unten und, sich von dort «infektionsartig nach allen Richtungen» ausbreitend, auch in der näheren Umgebung des Dorfes hätten stattfinden sollen, als er erneut losfuhr. Vor Ios, einer kleinen Vulkaninsel, gab es aus irgendwelchen Gründen einen Halt, der zwei Tage dauerte. Der Doktor, der die Insel vom Krieg her kannte, hatte den Kapitän angewiesen, sich dicht an den Frachtern zu halten: in der Nacht wolle er dann über Bord springen und die restlichen paar hundert Meter zur Insel schwimmend zurücklegen.

So geschah es, und als der Doktor seinen Schlafsack, den er tunlichst vor Nässe zu schützen gewußt hatte, neben einer spitzwinkligen Kehre im schmalen Pfad, der sich steil bergaufwärts zog, ausgebreitet hatte, machte er sich im Licht eines Kerzenstummels sofort ans Aufsetzen eines Telegramms an Zellerbach. Es lautete: ‹Wie kommen Sie mit den Leuten von der Agentur zurecht? – STOP – Padgwe – STOP.› – Er erwartete keine Antwort, es ging ihm mehr darum, den Geldgeber mit einem sogenannten Lebenszeichen bei Laune zu halten. Die letzten Korrekturen zum Vertrag, die man ihm auf Ende Monat versprochen hatte, waren immer noch nicht ganz fertig, und Dr. Padgwe zweifelte daran, daß Spenglers Berichte über das sich gewissermaßen täglich steigernde Fehlen des versprochenen Textes den Schweizer noch lange hinhalten konnten. Ganz abgesehen davon, daß die Berichte Zellerbach, wenn er, Padgwe, meinem Bruder Glauben schenken konnte, in Mettmenstetten nur zu Teilen erreicht hatten – ein weiterer Grund für den Doktor zu versuchen, Zellerbach mit so etwas wie einem sogenannten Lebenszeichen bei Laune zu halten. Die Ermunterung wird ihm guttun, dachte er gähnend, als er den Kerzenstummel auf den Bergpfad hinauswarf.

Es ging Zellerbach darum, die Lissitzky-Sache endlich abzuschließen, wenn nötig mit dem Umweg über die Bilder von Crowley und Gurdjieff, und das hieß, daß er dringend auf den Vertragsentwurf angewiesen war – oder wenigstens auf die Ideen dazu. Man wird bemerkt haben, daß ich vom 1944 modifizierten Vertrag spreche. Angenommen (dachte der Doktor), Mario brachte seinen Text nicht rechtzeitig zustande, würden die Amerikaner aussteigen, de Sitter wäre der lachende Dritte, die ganze Sperre wäre in Frage gestellt. Es ist Zellerbach, so der Erzähler, alles daran gelegen, die Entwurfsvorschläge so rasch als möglich, lieber schon jetzt als zu spät, zur Verfügung zu haben, habe der

Doktor beim Einschlafen gedacht. Wenn er sie nicht rechtzeitig bekommt, dachte er, sich ruckartig aufsetzend, fällt der Auftrag und damit vermutlich die Sperre als solche ins Wasser, die Thiel geht definitiv nach Clairvaux, Spengler heiratet die Sekretärin, der Pilot wird fristlos entlassen und ich selber bleibe in Griechenland und eröffne irgendwo eine Wurstbude oder ein Kino oder eine Papeterie.

Dr. Padgwe fühlte sich plötzlich alt und ausgelaugt. Er rollte den Schlafsack zusammen. An Schlaf war jetzt nicht mehr zu denken. Er verstaute seine Sachen in einem abseits liegenden Ziegenstall und begann, quer über die Hänge bergauf zu wandern. Kein Stern funkelte, kein Mond stand am Himmel. Es sei im Gegenteil stockfinster gewesen, und nur der plötzlich einsetzende kalte, kräftige Wind ließ ihn vermuten, daß er den höchsten Punkt der Insel erreicht hatte. Er stolperte auf der anderen Seite bergab Richtung Meer, schnauzte ab und zu eine durch die Finsternis heimeilende Gruppe von krakeelenden Gestalten an, legte sich müde ins nasse Gras. Er wurde von Räubern verprügelt, er wehrte sich nicht mehr. Gegen Morgen stand er abermals auf der Spitze des Berges und rief mit lauter Stimme nach Paula. Er lief stundenlang bergabwärts, sich immer wieder neu verirrend, bis er endlich die in der weißen griechischen Sonne glitzernden Konturen einer Hafenkneipe sah. Er rief bei den Vifians an, aber niemand kam an den Apparat.

De Sitter hat mir einmal erzählt, Padgwe sei in jener Zeit sehr schweigsam und unzugänglich gewesen. Mein Bruder habe ihn eigentlich nur immer über seinen Papieren sitzen sehen (der Doktor war ein fanatischer Leser und

Exzerpient von veralteten medizinischen Fachzeitschriften), im Atrium des «Herodion», hin und wieder habe er, Padgwe, den Kopf in Richtung Bar gedreht und «One mixed sandwich, please!» gerufen oder an seinem Zubrowka, den ihm der Schiffsarzt geschenkt hatte, genippt. Man habe mit dem Doktor, habe mein Bruder dem Sammler erklärt, eigentlich fast nicht mehr reden können zu der Zeit. Entweder habe er an seinem Schiff gearbeitet oder sei im Atrium des Hotels gesessen und habe in seinen vergilbten Zeitungen gewühlt. Spengler habe, wenn er nicht gerade mit den Türken unterwegs war, acht Stockwerke darüber auf dem Bett gelegen oder sei, wenn er dieses ‹One mixed sandwich, please› nicht mehr habe hören können, in den Hotelgängen auf und ab spazieren gegangen. Einmal habe er, Spengler, einen Vierertisch in der Plaka reserviert. Es sei gelacht und getanzt worden, daß die Fetzen flogen, bis in den frühen Morgen hinein. An jenem Abend sei der Doktor sehr entspannt und gesprächsfreudig gewesen – nicht etwa übermütig und ausgelassen wie die andern, sondern einfach nur fröhlich und heiter und ruhig und froh. Beim ersten Anlaß dieser Art, es sei kurz nach dem Abtransport der sterblichen Überreste von Mrs. Moroni nach Kreta gewesen, habe, eine Angestellte der Botschaft sei dabeigewesen und natürlich er, mein Bruder, der Doktor übrigens ganz ähnlich reagiert. – Ein eigenartiger Mensch, habe der Sammler zu mir gesagt. Oder so etwas – ich kann mich an beides, sowohl an die Bemerkung an sich als auch an den Wortlaut derselben, nicht erinnern. Padgwe und seine Marotten, seine Ticks! sagte der Sammler. Sein Zeitschriftentick! Seine unstillbare Sehnsucht nach nichts! Die ständige Telegraphiererei! Auch die Sache mit dem Krönungspodest könne man seiner Meinung nach ruhig dazuzäh ... – Schweig! habe ich den Sammler andonnern müssen. Ich ertrug den Haßausbruch nicht länger. Kleinlaut sei er aus meiner Wohnung hinaus- und Richtung Parkeingang hinuntergeschlichen, wie er mir eine Woche später gestanden haben will.

7

Kap Sideros; im August
Endlich endlich wieder da – STOP – Die Berechnungen des Spions haben folgendes ergeben – STOP – Das Bild wurde letztmals in einem armenischen Möbelkatalog gesichtet – STOP – Hemingway nach Chiasso, Hildesheimer nach Arbon – STOP – Blandhely-Anspielung wo? – STOP – Erbitte Bericht bis Ende Woche – STOP – Ich wiederhole: Bis Ende Woche – STOP – One – Mixed – Sandwich – Please – STOP – PLEASE.

8

Gegen Ende der zweiten Septemberhälfte, die Thiel, der Fotograf, der Doktor und Spengler waren nach Rom zurückgekehrt, traf endlich die so lange erwartete Nachricht von Zellerbach ein. Er schlug vor, die ganze Sache – welche Sache? dachte Warring – noch einmal gemeinsam zu diskutieren, sie sollten nichts übereilen; Vertrag und Delaunay-Akte erwähnte er mit keinem Wort. Sie sollten doch alle baldmöglichst kommen, eine Pause werde ihnen sicher nicht schaden. Im übrigen fände am kommenden Wochenende die große Prozession statt, von der er ihnen schon mehrmals erzählt habe und die alljährlich um diese Zeit veranstaltet werde. – Es folgte eine detaillierte Beschreibung der Umzüge der letzten Jahre samt geschichtlichem Rückblick in die Entstehungszeiten des Brauchs, Warring, der das alles zur Genüge kannte, begnügte sich mit einer flüchtigen Diagonal-Lektüre dieser Passagen. Er benachrichtigte die bereits in Rom Weilenden mittels eines ausführlichen Telegramms an den Doktor, er hatte jetzt nichts anderes im Sinn, als so rasch als möglich nach Mettmenstetten zu fahren und die ganze Angelegenheit zu einem Ende zu bringen. Freitagnacht reisten sie, in Schaffhausen traf man sich mit den aus Italien angereisten, und in einem gemieteten Kleinbus ging es in einer gut anderthalbstündigen Fahrt, die Zellerbachs Pilot mit kalter Professionalität bewältigte, zurück nach Mettmenstetten. Zellerbach war nicht zu finden, die Thiel, die bereits seit Anfang der Woche in Mettmenstetten war und mit Kopf- und Halsschmerzen im Bett lag, meinte, er sei natürlich im Dorf unten, er habe das Schloß am frühen Morgen verlassen und seitdem habe sie nichts mehr gehört von ihm.

Hat er keine Nachricht hinterlassen für uns? fragte der Pilot.

Paula zuckte die Achseln. Nein, sagte sie.

Der Umzug fand am Sonntag statt. Warring, der die

Zeit bis zum Beginn allein in einer etwas abseits liegenden Gartenwirtschaft verbracht hatte, war pünktlich am vereinbarten Treffpunkt erschienen, entfernte sich jedoch bald einmal, nachdem er sich vergewissert hatte, daß ihm niemand folgte, von der Gruppe und ging eiligen Schrittes in Richtung Lindenberg. Die alte Scheune, in der er im Vorjahr übernachtet hatte, war mit massiven Brettern versperrt. Er kam an der Seilbahnstation vorbei, sie war ebenfalls geschlossen, die großen schrägen Fenster mit Stacheldraht und Stahlblech verrammelt. Zwischen Station und Obstverwertung führte der Weg durch eine Art Korridor, der zwischen Schlarneraa und dem stillgelegten Geleise der Zahnradbahn in einem spitzen Bogen auf die Hauptstraße nach Cham einmündete. An ihm vorbei strebten die Leute der Dorfmitte zu. Einige trugen blitzblank geputzte, federngeschmückte Kriegs- oder Feuerwehrhelme, andere hatten nach jahrhundertealtem Brauch Schultern und Waden dick mit Stofflappen gepolstert. An dünnen, biegsamen Bohnenstangen, sogenannten «Jalons», schwang man sich über die Langsameren hinweg. Ganz nahe hörte er zeitweise das dumpfe Jubilieren der Jagdhörner, etwas lauter und noch näher manchmal das helle Bimmeln der evangelischen Kirche. Masken waren noch keine zu sehen.

Warring, sich wieder in Richtung Dorf wendend, sinnierte: Gold ist eine ortsunbestimmte Flächenfarbe nahe bei Gelb, der eine hohe Intensität und materielle Dichte zukommt. Der lichtintensive Oberflächenglanz ist materialimmanent, und darauf gründet die eigentümlich suggestive Wirkung des Goldes auf den Betrachter. Als verdichtete Metallfarbe kann Gold aber immer nur Fläche sein, nie

Hintergrund. Daher war der Doktor zu der Auffassung gekommen, den Schnürboden als eine Art Goldgrube zu gestalten. Der Direktor des Instituts hatte Jantzen, der zwei Tage vor der ersten Reise des Doktors nach Athen zu ihnen gestoßen war, auf den Versenktisch beordert, während Padgwe der Caspar die Lederkette um den schlanken, weißen Hals gelegt hatte. Jantzen hat den Schnürboden als idealen Raumgrund mit Ausdehnung in die unendliche Tiefe definiert, erinnerte sich Warring. Das ist die ungefaßte Dimension, hat Jantzen immer gesagt.

Niemand weiß, was er wirklich gesehen hat in seinem Raum; auch meine eigenen Untersuchungen haben nichts ergeben, was zu einer Erklärung – einer Klärung der Tatsache, daß sich gerade der als Goldgrund behandelte Schnürboden als Manifestation von Jantzens Raum so hervorragend eignete, hätte beitragen können. Und wenn Jantzen sich auf dem Versenktisch auf den Rücken gedreht und den Pendlern die nackten Fußsohlen entgegengestreckt hat – später dann –, dann mag das in gewissem Sinn in der Lage des Senktisches selber begründet gewesen sein und in sonst nichts.

Andererseits hat Jantzen die Horizontalbeleuchtung höchstpersönlich selber eingeschaltet, als die Podestattrappen zwischen die Soffiten gezogen wurden. Da mußte dann die Thiel (als «Lehrerin») ins Licht des Raumes treten (Jantzens Raum), und Jantzen sagte, ihr steht jetzt auf den Brettern vor mir, was an sich noch nicht viel zu bedeuten habe, denn Dr. Padgwe habe den Tisch, die Tischfläche, flüsterte Jantzen, nicht ohne Grund in diese für ihn wie für die Pendler unmögliche Lage gebracht.

In der Zwischenzeit waren die Bilder an die Prospektzüge gehängt worden. In einer engelhaften, schwebenden horizontalen Bewegung flüchtete sich die Caspar etwa dreißig Zentimeter über der scharf zeichnenden Silhouette eines stehengebliebenen Passanten hinter die Schnurzüge, schaute, genau wie Jantzen einen Augenblick zuvor, zum Kastenoberlicht hinauf. Über den Goldhimmel schlängelten sich träge die dünnen Rinnsale einer gelben Flüssigkeit, der Doktor dachte schon, Sie hätten die Berieselungsanlage eingeschaltet, aber das waren nicht Sie. Sie sind unten gestanden und haben die Farbscheiben entzweigebissen mit einer dem Fundus entnommenen Bakelitzange und haben gedacht: Da hängen sie haltlos in den Seilen, die müden Säcke, während wir hier unten die Farbscheiben knacken müssen im Auftrag der Thiel. – Na ja. In Stockholm haben Sie noch ganz anderes geknackt – im Auftrag der Thiel!

Während unten die Belehrung (Krönung) ihren gleichermaßen grotesken wie beschämenden Fortgang nahm, drehten Sie noch weiter unten die Scheiben samt Farbscheibenwechsler aus dem Lichtkegel. Ein goldener Knilch aus Pappe, der den hellen Umriß einer Dominikanerin halb verdeckte, halb reflektierte, wölbte sich unter dem dicken Poliment stark hervor. Jantzen habe gefragt: Wo ist das Sprungtuch?, und ich hätte, hieß es immer, wir brauchen das Sprungtuch an und für sich nicht dazu, geantwortet, oder: ... noch nicht dazu. Ich sei vor das Gehege der Pendler getreten und hätte ihnen in aller gebotenen Eindringlichkeit die notwendigen Vorhaltungen gemacht, aber man habe die Gesichter schlau und unbekümmert von mir abgewandt. Wir lassen die Leute eingesperrt, sagte der Doktor. Der Knilch in der Hand der Nonne hat als rein zweckgebundener Gegenstand an der Einäscherung unseres sogenannten inneren Kontinents nicht oder nur marginal teil und kann folglich ebenfalls gelb bemalt werden, habe ich geantwortet. Ich zweifelte plötzlich an der Richtigkeit der getroffenen Maßnahmen, ich mußte mich auf den Doktor stützen, wir setzten uns zu Corti und lauschten dem Knirschen des unter dem Gewicht der Lichtkanone splitternden Farbscheinwerfers. Denise stand flach atmend vor uns und lächelte. Wir schienen ihr zu gefallen. Ungläubig lächelten wir zurück.

9

Ohne dessen gewahr zu werden, hatte sich Warring allmählich dem Dorfplatz genähert. Beidseits der Straße standen jetzt dichtgedrängt die Menschen. Vom Umzug war immer noch nichts zu sehen. Nur ab und zu ruderte ein Einradfahrer vorbei, eine gebückte Gestalt mit schwarz glänzenden Strohzöpfen zwängte sich durch die dicht geschlossenen Reihen, ein bluttriefendes Indianerbeil in der kleinen Faust. Warring, der Halt gemacht hatte und die Gesichter der Schaulustigen studierte, ging weiter. Er gelangte unerwartet rasch an den südlichen Dorfrand, stand mutterseelenallein auf der Autostraße nach Cham, die man aus ihm nicht ersichtlichen Gründen abgesperrt hatte. Er beeilte sich, ins Dorf zurückzukommen. Als er um die

Ecke des Rathauses bog, überquerte der Umzug eben den Dorfplatz.

Warring sah zu den Fenstern hinauf, in denen die an solch bevorzugter Lage Wohnenden standen und feierlich applaudierten, wenn eine besonders gut gelungene Nummer vorbeizog. Das neu renovierte Eckhaus, in dem eine ehemalige Mitarbeiterin Zellerbachs einige Zeit gewohnt hatte, fiel ihm auf. Er hatte sie, das war nun auch schon fast sechs Jahre her, eines Abends im «Megen» kennengelernt, sie hatten über Spengler gesprochen, über die Sperre und über Zellerbach, den schweizerischen Geldgeber, und Sibille, so hieß die Frau, hatte gesagt, er möge doch kurz reinschauen, wenn er zufällig mal in Mettmenstetten sei. Wer hätte damals gedacht, dachte Warring, daß er schon am darauffolgenden Donnerstag bei ihr (bei ihnen, um der Wahrheit die Ehre zu geben, denn Sibille war seit kurzem mit einem Gärtner aus Arth verheiratet) im kleinen, apart eingerichteten Wohnzimmer sitzen und «Chicken Curry» essen würde? Er jedenfalls sicher nicht.

Er ging die Dorfstraße hinauf. Als er weit oben das breite Bäuerinnengesicht von Paula Thiel zu erkennen glaubte, bog er rechterhand in eine kleine Gasse ein – eine Sackgasse, wie sich herausstellte. Er überkletterte eine mit Plakaten der bevorstehenden Volksabstimmung beklebte Bretterwand und fand sich schließlich auf einer einseitig bebauten, den Blick auf die Reussebene freigebenden breiten Straße wieder, auf der eben die erste Nummer des Umzugs vorbeizog. Sie wurde von gut zweihundert Schulkindern gebildet, dichtauf folgte die Kutsche mit den Ehrengästen, dahinter eine vielleicht zehnköpfige Abordnung des Müttervereins, eskortiert von einer Reitergruppe der Kantonspolizei. Das ist Korporal Sebisen, sagte eine Frau, eine Italienerin, zu einem kleinen Jungen, der auf den Schultern des Vaters saß und mit leerem Blick in die Zuschauermenge starrte. Sie seien schon seit über zwanzig Jahren in der Schweiz, setzte die Frau, sich überraschend an Warring wendend, hinzu. Es klang eher stolz als entschuldigend. – Die nächste Nummer war eine vom örtlichen Jungschützenbund recht bieder gestaltete Persiflage auf den Untergang der «Diaphana», die vor ein paar Wochen bei Caracas auf ein deutsches Minenboot aufgelaufen war. Tote waren glücklicherweise keine zu beklagen gewesen. In dem Ernst des Sujets angemessenen Abstand folgte die Raubtiernummer, eine echte Attraktion, die die Leute atemlos die Fotoapparate aus den Futteralen klauben ließ. Minutenlang war nichts zu hören als das zarte Klicken beim Aufklappen der Belichtungsmesser, das metallene Schnurren der sich schließenden Blenden, beides eingebettet in den fremdartigen Rhythmus einer Art trockenen Schnalzens, das der Dompteur mittels einer in der Mundhöhle versteckten Apparatur zu erzeugen schien. Elegant schlichen die etwa acht Tiger die Roderer-Terrasse hinunter. Radschlagend bewegte sich der Dompteur hinterher.

10

Hat es einen Sinn, den Mut zu verlieren? – Dieser schöne, in seiner ganzen bodenlosen Unschuld so bittere Satz von Schertenleib ging Warring durch den Kopf, als er den Sammelwagen, der die völlig desorientierte Vorhut des Umzugs zu bilden schien, aus dem Areal der Werkzeugfabrik in die Dorfgasse einmünden sah. Der Wagen wurde von ein paar zerlumpten Gestalten vorwärtsgeschleppt, andere tanzten wie verrückt geworden darum herum, ein bärtiger Senn in Feiertagstracht und mit einer Art Samtkäppi auf dem Kopf saß auf einer mit Drahtnetzen und Militärwolldecken unkenntlich gemachten Dreschmaschine und bewarf die hübschesten der in der heulenden Menge stehenden weiblichen Zuschauer mit Teigfetzen und nassem Laub. Zwei Mädchen, Schulkinder noch, und ein kaum älterer Junge mit vergoldetem Kraushaar schauten zu. Ein Rudel Schafe wurde vorbeigetrieben, überholte den Wagen auf Höhe der Genossenschaft Büren und verschwand in Richtung Lindenberg. Ein Helikopter war gelandet, ein Mann und eine Frau stiegen aus und verteilten bunte Fragezettel unter die Zuschauer. Dann wurde es plötzlich ganz still, die Leute liefen händeringend auf die Felder hinaus, weit unten verschwand der Sammelwagen, löste sich, so schien es beinahe, in Luft auf. Warring betrat ein Café. Durch die verglaste Türe eines Seitenausgangs vermeinte er einen Moment lang das helle Gesicht von Denise zu sehen inmitten einer losen Gruppe von eilig sich über die leergefegte Straße begebenden Menschen.

Er setzte sich an die Bar. Über einer Nische, aus der ab

und zu eine bemerkenswert attraktive, sich damenhaft gebende Blondine trat, um, so schien es Warring, dem sich um die Registrierkasse versammelnden Personal Anweisungen zu erteilen, bemerkte er ein Radio, das eben jemand eingeschaltet hatte. Anscheinend wurde der Umzug direkt übertragen. Warring wollte gerade seine Bestellung aufgeben, als eine Stimme sagte: Haben Sie gewußt, daß die Dreschmaschine im Jahr 1786 von einem Schotten namens Andrew Meikle erfunden wurde, und daß wir Zürcher-‹Meikle› von eben jenem Manne abstammen? Ruckartig hob Warring den Kopf, bestellte seinen Kaffee. Dr. Padgwe, der zehn Schritte von Warring entfernt an einem runden Tischchen vor der in Schulterhöhe über die ganze Breite des zwischen Nische und Nebenausgang liegenden Wandstücks sich hinziehenden Glasleiste saß – neben ihm nun Denise, eine große Flasche Vivi Kola vor sich –, hatte seine Schirmmütze, die er aus Athen mitgebracht hatte, der Blonden übergeben, die mit dem karierten Ding in der Nische verschwand, den geschmacklosen blaßgrünen Plastikvorhang mit einem unmerklichen, blitzschnellen Schnippen aus den Fingergelenken heraus hinter sich zuzupfend.

1761 konstruierte der englische Uhrmacher John Harrison das erste brauchbare Schiffsbarometer. 1775 wurde ein von Priestley entwickeltes Kautschukprodukt unter dem Namen «Negerhaut» für vier Francs pro Stück auf den Markt gebracht.

Das ist, sagte Warring laut, der erste Radiergummi gewesen.

Und was ist mit uns beiden? sagte die Blonde und stellte ihm den Kaffee hin.

Merkwürdig, dachte Warring: ein Mann kann sagen was er will, und sei es noch so wichtig, sei es das Weltenerschütternde oder das Endgültige Wort selber, immer ist da eine Frau, der dazu nichts Gescheiteres einfällt als: ‹Und was ist mit uns beiden?›.

11

Wenn wir, hatte Warring den Chinesen beim Durchschreiten des Lagertores und später, als sie auf den Jeep, der sie durchs Gelände führen sollte, warteten, erklärt und auf Astana gezeigt, die zwei schwarz geschminkte Arbeiter beim Aufbau eines Hauses (leichte Wandteile aus einem kartonähnlichen Material) beaufsichtigte, – wenn wir Amerikaner heiraten, dann nur aus gesellschaftlicher Konvention. Die Frau ist jedoch in einen anderen verliebt, dessen Verwandten sind daher die Augen verbunden worden, sie mischen sich unter die Gäste der Verlobungsfeier. Die Feier endet in einer tragischen Alkoholorgie. Aber was machen sie, wenn sie nicht heiraten wollen? sagen die Chinesen. Dann reden sie miteinander und bestellen telefonisch «Fried Potatoes» beim Schnellimbiß. Und während im Radio die Musik spielt, beginnt vielleicht die Einäscherung des Phantoms mit wilden Tänzen und die Verlosung der Tiere aus Clairvaux. Wie bereitet ihr euch auf die Einäscherung eures sogenannten inneren Kontinents vor? fragt der mit den kurzen Hosen. Warring sitzt auf dem Jeep, verteilt Nüsse und Birnen an die Touristen. Um unsere Leute abzuschütteln, stoßen wir einen Tag lang einen bis oben mit Knochen gefüllten Stoffbeutel gegen die Wurzeln. Wurzeln? Gegen welche Wurzeln? rufen die Chinesen aufgeregt, und warum müßt ihr dazu vier Kabinette bilden? Gegen die Wurzeln der Klarsicht, der Unvernunft und des Verstandes, belehrt sie Warring. Man steht jetzt neben der Pförtnerloge. Nach zwei oder drei Jahren, sagt Warring, wird der Sack mit Sand gefüllt. Wenn sie, gemeint sind Warring und die Chinesen, selbstbewußt die große Trommel schlagen unter dem Schilfvordach des Pförtnerhauses, kommt Paula Thiel heraus. Was tut der Amerikaner, fragt sie streng, wenn er seinem Feind das Herz aus der Brust reißen will? Die Chinesen schütteln die Fäuste. Nein, sagt Warring, sie kleben einen Stapel von tausend Eindollarnoten an die Fingerspitzen ihrer Schüler und schieben und stoßen die Schüler mit aller Kraft aus der Menge. ‹Das Sammelsurium ist der Gifttank der Masse›, hat Canetti nach dem Genuß von zwei Flaschen Gin einmal notiert, dachte Warring. Man ging jetzt die Lagerstraße hinunter, links und rechts standen die strohgedeckten Hütten in den Büschen. Stimmt es, wird Warring gefragt, daß die Großartigkeit jeden Tag stundenlang trainiert wird, indem sich die Amerikaner die entwürdigende Behandlung der Frauen und der Farbigen ihrer Todfeinde nicht länger als ein paar Sekunden gefallen lassen? – Und daß ihr euch zu diesem Zweck alle paar Sekunden eine duftende Essenz in die Augen reibt? – Daß ihr euch alle zehn Sekunden mit eben diesen Augen anschaut, um die Windrichtung zu bestimmen? – Und daß ihr, wenn ihr die Windrichtung bestimmt habt, kaltes Wasser auf den Boden gießt und in mörderischen Tänzen Geld sammelt für das geschändete Chile? Alles das stimmt, sagte Warring, und auch daß wir in diesen Tänzen die Bewegung der Natur nachahmen, damit wir die Wanderwege der Ameisen nicht mehr erraten müssen. Denn wir sind die Wassermenschen! Einmal im Leben blicken wir uns in die Augen und wissen: das bist du. Du bist das. Ein Wassermensch. Dann legen wir uns unter einem Buick oder Pontiac zum Sterben nieder, denn der Sieg – so nennen wir Amerikaner das Leben – ist nicht zu ertragen.

Es ist die amerikanische Art eures Zen, erklärt die Thiel. Weise lächeln die gelben Besucher. Mag sein, sagen sie. Viel hat das mit unserer Spielart des Zen-Buddhismus allerdings nicht zu tun, stößt der mit den kurzen Hosen hervor. Schon möglich, sagt Warring, schon hebt er den schweren Arm zum Schwur, da stehen die Chinesen plötzlich vor dem Tor, mit wie zu einem Gebet auf die Ellbogen gerutschten Ärmelschonern. Auch wir haben unsere Erfahrungen mit dem Zen-Buddhismus gemacht, sagt eine Stimme glücklich.

Langsam entvölkerte sich das Lokal, der Umzug schien ganz in der Nähe zu sein, auch Denise war nach draußen gegangen und Warring, der einen Augenblick eingenickt war, wandte seine Aufmerksamkeit ganz dem Radio zu. Zwei Stimmen laberten Kommentarähnliches, eine dritte beschrieb in dürren Worten die vorbeiziehenden Bilder, sie gehörte, wie man zwischendurch erfuhr, dem «Fritschi-Vater», sie war dunkel und glatt; in der einen der anderen beiden Stimmen glaubte Warring, plötzlich hellwach wie niemals zuvor, den wie immer irgendwie gehetzt wirkenden Tonfall Zellerbachs zu erkennen, aber das konnte unmöglich stimmen!

Ich werde mich täuschen, dachte Warring unruhig. Draußen (und in buchstäblich ‹übertragenem› Sinn auch im Radio) war der Umzug inzwischen bei Bild 16 angelangt. Warring bezahlte, trat vor das Café. Eine Tambourengruppe in der Einheitsmaske von Clavadetscher marschierte in einer Art sich seitlich vorwärtsschiebenden Reigens um einen stockwerkhohen Traktor herum, dessen gewaltige Schutzbleche mit Knäueln aus Stahlwolle und getrocknetem Gras beklebt waren, eingefärbt in den Landesfarben rot und weiß; dicht neben dem riesenhaften Gefährt humpelte eine uralte Frau an einem kurzen, weißen Stock, auf der anderen Seite des Traktors schwebte ein rundes Gummikissen, von dem henkelartig gelbe Papierschlangen abstanden wie im Wind knisternde Sonnenstrahlen.

‹Wie lange dauert das Leben?› las Warring auf der nur Kopf und Hände frei lassenden Fahrerverschalung. Darunter hatte jemand in eiliger, zittriger Handschrift ‹Freiheit für Kardinal Minszenty!› geschrieben. Das y war fast gänzlich verwischt, mit viel gutem Willen konnte man ein verrutschtes p hineinlesen, und Warring mußte fast wider Willen laut herauslachen, was ihm allerdings augenblicklich verging, als sein Blick auf den unter dem Aufruf prangenden Kleber mit der Aufschrift ‹ES GRUESST: CHOTTLEBOTZER-MOSIG› fiel. Die nächste Umzugsnummer befaßte sich ebenfalls mit Clavadetscher; eine sicherlich vier Meter hohe Maske, in der unschwer die Filmschauspielerin Olivia de Havilland zu erkennen war, thronte in der Mitte einer Art Plattform, die auf einem

Heuwagen errichtet worden war. Vier kräftige Ochsen mit Lorbeerkränzen auf den Schulterpartien zogen den Wagen, hie und da löste sich ein Kind aus den Zuschauerreihen, kroch unter den Ochsen hindurch und drückte einen sich an der Deichsel befindlichen Knopf, worauf sich die kugelförmigen Pappaugen der Havilland knarrend von links nach rechts und zurück bewegten. Eine durchsichtige, wasserähnliche Flüssigkeit rann aus den klauenartigen Halterungen der Augen und Clavadetscher – *und Clavadetscher*, dargestellt von einem dürren, bebrillten Mann in gestreifter Sträflingskleidung, sprang auf den Wagen und verschlang einen grünen Kartonfrosch mit gelber, fadenartiger Frisur, der am gewaltigen Busen des Filmstars befestigt war. Am Schluß der sich unablässig wiederholenden Szene kniete Clavadetscher vor dem Heuwagen am Boden, der ganze Zug stockte für jeweils diesen Moment, und Clavadetscher, aus dessen Mund die langen, strohgelben Haare des Frosches waagrecht hinauswehten, schlug die mit Weizenbündeln geschienten Arme wie zu einem obszönen und irgendwie blasphemisch wirkenden Gebet gegeneinander.

Warring, der die Hintergründe des Motivs nicht kannte und die Anspielungen (wenn es denn überhaupt welche waren) nicht verstand, verließ seinen Platz vor dem Café, unbemerkt von Denise, die zehn, fünfzehn Schritte vor ihm hinter den Zuschauern auf der andern Straßenseite wegtauchte.

Dr. Padgwe, zeitunglesend, schien nur auf diesen Moment gewartet zu haben. Er bezahlte, dann verließ er das Lokal ebenfalls. Von Denise war weit und breit nichts mehr zu sehen. Padgwe überquerte die Straße, es war ein guter Zeitpunkt dafür, eben hatte der Zug wieder Halt gemacht, und Padgwe und vermutlich auch Warring hörten um eine Ecke herum das grauslige Knistern der gegeneinanderschlagenden Arme des Sempachers. Der Doktor betrat zwei oder drei Schritte hinter Warring die Dorfapotheke.

Er wechselte flüsternd ein paar Worte mit der Apothekerin, worauf diese eine schmale, windschiefe Türe öffnete, die zum Keller hinunterzuführen schien, und etwas in das dunkle Loch hineinrief. Ein jüngerer, in einen arg mitgenommenen, dunkelblauen Regenmantel gehüllter Mann mit einem offensichtlich gefärbten Menjou-Bärtchen betrat die Apotheke, ging in den Keller hinunter und kam fast augenblicklich wieder herauf. Rasch trat Warring hinter einen mit knallig bunten Golfmützen behängten Verkaufsständer. Der Doktor, die Apothekerin und der Dompteur – denn um diesen, das hatte Warring sofort bemerkt, handelte es sich beim «Kunden» im blauen Mantel – führten einen leisen, erregten Wortwechsel, von dem Warring seltsamerweise immer weniger verstand, je heftiger – und lauter – er wurde. Wo wohl Denise geblieben sein mochte? dachte Warring gerade, als der Dompteur den Doktor unvermittelt am Kragen packte und ihm irgend etwas ins Ohr hineinschrie. Padgwe wurde kreidebleich, die Frau blickte hilfesuchend zum Wandtelefon, ein heftiger Windstoß schleuderte den Mantel des Dompteurs gegen die Wand, sodaß für einen Augenblick das weinrote Seidenfutter sichtbar wurde mit dem Zeichen von Spengler, und Denise kam, die schreckgeweiteten Augen im blendenden Sonnenlicht reflexartig zu engen Schlitzen schließend, mit einer Packung Chesterfield vom schräg vis-à-vis liegenden Kiosk zurück.

Im selben Augenblick, als ob er nur darauf gewartet hätte, erzählte Warring später, robbte er, Warring, unter den Verkaufsvitrinen durch zum Kellerabgang und fragte, sich plötzlich vor der Apothekerin aufrichtend, in möglichst unbeteiligtem Tonfall, ob Sibille Olsen immer noch im ersten Stock wohne. Fassungslos starrte ihm die Frau auf die Lippen, den Telefonhörer in der Rechten, mit der linken Hand irgendwo Halt suchend hinter sich im grellen, kalten Licht der nun flach durch die Schaufenster hereinscheinenden Abendsonne. Ja, sagte sie. Warum? – Warring rannte ohne weitere Erklärung auf die Straße hinaus, die, von Heimwärtsstrebenden nun, immer noch ordentlich bevölkert war, er lief ein paarmal um das Haus herum, er mußte aufpassen, daß er nicht in die sich auf der Platzmitte zusammenrottende Menge Maskierter abgetrieben wurde, bis er endlich den richtigen Hauseingang fand. ‹Olsen Reto und Sibille› stand, neben einer Handvoll anderer Namen, auf einem verbeulten Blechschild. An der Wand stand eine Reihe Gummistiefel, darüber war eine Reihe von Haken, an denen dicke, feuchte Mäntel hingen. Neben der Tür eine Anzahl Briefkästen in unterschiedlichster Größe und Ausfertigung. Eine Klingel war nirgends zu sehen.

Er stieß vorsichtig die Hauseingangstüre auf und trat in eine mit Kinderdreirädern, Kinderwagen und Ochsnerkübeln verstellte düstere Halle. Ein stockfinsterer Gang nahm am Ende der Halle seinen Anfang, links davon begann eine schmale Holztreppe, rechts war eine Tür mit der Aufschrift: ZUR APOTHEKE. Warring entfachte ein Streichholz und tastete sich langsam in den engen Gang hinein. Der Gang endete vor einer graugrünen, mit weichem Schimmel und einer Art Moos bedeckten Kalksandsteinmauer, sie war, wie Warring bemerkte, nachdem das Streichholz erloschen war und er die Oberfläche mit den Händen abtastete, nicht nur feucht wie erwartet, sondern ganz eigentlich klatschnaß, als ob sie von einer in der Deckenkonstruktion verborgenen und von irgendwelchen Unterputzleitungen gespeisten Quelle unablässig berieselt würde. Hinter der Mauer traf er auf eine weitere Treppe, die, annähernd rechtwinklig zur ersten, ebenfalls ins obere Stockwerk führte.

12

So so, darum also haben die Bildertrockner die Schiebetüren zur Winterveranda nicht abgeschlossen, dachte Warring befremdet, als er die Wohnung, nach mehrmaligem, ergebnislosen Türklopfen, zögernd betrat. Er hatte den Raum, der auf zwei Seiten auf die ganze Breite verglast war, kleiner in Erinnerung, irgendwie quadratischer auch, und niedriger – «heimeliger». Zusammengeklappte Gartenstühle lehnten an der Wand zum Schlafzimmer. Auf einem billigen Blechtischchen lagen ein angeschnittenes Brot, ein paar Grünpflanzen, ein umgekippter Topf und ein mittleres Armeetaschenmesser mit ausgeklapptem Nagelknipser. Unter dem Tisch ein Stapel italienischer Modezeitschriften in einem offenen roten Samsonite-Koffer.

Diesen Koffer hat Bertrand, der Innenarchitekt, an jenem Sonntagmorgen, als ich allein nach Zürich fuhr, aus der leerstehenden Wohnung an der Wesemlinstraße abgeholt, dachte Warring.

Durch die dünnen Vorhänge sah man auf einen Vorgarten hinaus, oder vielmehr auf ein paar abgeböschte Gemüsebeete, die an einem mannhohen, weitmaschigen Drahtzaun endeten. Den Boden bedeckte ein Teppich, eine Art Strohmatte in leidlich gutem Zustand, eine ähnliche hatte Warring bei seinem ersten Besuch schon im Labor angetroffen. Er trat ins Eßzimmer, das gleichzeitig als Musikzimmer zu dienen schien. Gedämpfter Lärm drang von draußen durch die geschlossenen Fenster. Denise, die am Flügel auf ihn gewartet hatte, wies auf eine beschädigte Stelle im Eßtisch, es sah aus wie eine Art Bißwunde, Späne und Resopalsplitter lagen darum herum. Da sind sie hinaufgestiegen, sagte sie, und wies auf die Mitte der kreisförmigen Tischfläche.

Die Fußspuren waren gut zu erkennen auf der matt glänzenden Oberfläche des Belags. Etwas kleiner diejenigen von Sibille, etwas größer und deutlich sichtbar die des Mannes. Zwischen den Abdrücken die Meißel, die Schraubenzieher, die Schachtel mit den gekrümmten Manschetten. Auf einem Teller unberührte Stücke einer gegrillten Forelle, auf einem zweiten Teller, der leer war, der Schatten eines ebenfalls leeren Weißweinglases. Mehr Teller hat es nicht, dachte Warring. Berge von Reis, zur Feier des Tages, hatten sie hier gegessen. Wo sich ein

Stiefel in den Schacht gedrückt hatte, war die Schutzschicht gesplittert, feine Haarrisse verzweigten sich, der Stiefel zwei, drei Zentimeter daneben im nackten Holz eingesunken.

Er suchte den Platz auf dem Sofa, den er bei seinem ersten Besuch eingenommen hatte, mit den Augen. Sibille hatte sich ebenfalls auf das Sofa gesetzt gehabt, die «Nachtwachen des Bonaventura» hatte sie weggeräumt, ihr Mann war mit dem Getränkewagen in der Küche. Später schenkte er nach, Warring wußte nicht, was und wieviel sie getrunken hatten. Zellerbach hat ihr eine ständige Kolumne in jedem zweiten Heft angeboten, dachte Warring, er ahnte jetzt, warum sie abgelehnt hatte. Die Zeit war zu kurz gewesen, um Zellerbach (um den Schweizern und damit indirekt auch den Amerikanern) die Wahrheit unverblümt anzubieten. Vielleicht hat sie sie, die Wahrheit, zu der Zeit noch gar nicht gewußt, dachte Warring, – oder: schon nicht mehr gewußt – sie mit ihrem *Lammgedächtnis*. Sein Blick ging hinüber zur Tür. Denise kniete auf dem Kragen eines Militärmantels, versuchte, den sperrigen Stoff zu rollen. Denise rollt, dachte Warring in einem Anflug von Zärtlichkeit. Mitten im Gang lag ein brauner, fellbesetzter Tornister, darum herum verstreut verschiedene Militärartikel. Warring erkannte Teile eines kombinierten Eßbestecks, eine offene, angebrochene Blechschachtel mit Karabinermunition, ein paar leere Patronenhülsen und eine dreckstarrende, dreifach verknotete schwarze Krawatte. Ob sie beim Packen überrascht worden waren?

Warring und Denise folgten den Spuren, die die Bildertrockner hinterlassen hatten. In rotes Licht gebadet, das sie von allen Seiten umspülte, gingen sie die Treppe hinauf.

Warring hatte die ersten fünfhundert Exemplare des Hefts nach Wien transportiert. In Linz machten sie Halt, nachts huschten die Wachen durch den überfüllten Raum, den ihnen ein Bekannter de Sitters zur Verfügung gestellt hatte, Warring riß im Schlaf das für den andern Tag vorbereitete kalte Buffet um, vor Ungeduld. Am Nachmittag fuhr er wie der Teufel von einem Ausflug mit dem Delegationsleiter zurück in die Altstadt, um das Geld für die Schmalzstullen und den Apfelwein beim Gastgeber zu borgen.

Schwarzkogler bewohnte die ganze oberste Etage eines vornehmen Altbaus an einer breiten Wiener Geschäftsstraße. Er schien sich über die Hefte zu freuen, bedeutend mehr als über die extra für ihn gekauften Geschenke. De Sitter sprach im Namen der Amerikanischen Akademie, während Warring die schier endlosen, parkettbelegten Zimmerfluchten abschritt und die großformatigen Bilder betrachtete, die an den Wänden lehnten. Hast du damals nicht in Wien bleiben wollen? hatte er den Sammler einmal gefragt, – mit der Künstlerin, der Tänzerin, und: Was ist aus dieser geworden?

Und was ist, hatte er, erinnerte sich Warring, gefragt, eigentlich aus dieser und dir geworden?

13

An verschiedenen Stellen lagen Sportgeräte herum, zwischen winzigkleinen Kulissen aus Karton und Balsaholz, miniaturartigen Modellen von Landschaften mit scharfkantigen Bergzügen und tiefen Talschluchten, zwischen wie gefrorenen Wellen aus einem gummiähnlichen Material, aufschäumenden Quadern, dünnen zerbrechlichen Türmchen zum jeweiligen Horizont hin. Sibille hatte Erhebungen abgetragen, Ausschürfungen vorgenommen, alles im Auftrag ihres Münchner Agenten vermutlich. Sie schien bemüht gewesen zu sein, Proben aller Farbnuancierungen zu entnehmen.

Das wäre unter McGraw-Hill nicht passiert, sagte Denise leise.

Nach einer Weile wandte sich die Spur nach links. Die Struktur der Abwesenheit schien klarer und einfacher zu werden. Denise und Warring konnten jetzt in einige Meter Tiefe blicken. Sie sahen kunstvoll gebaute Anlagen, die das System der Hanteln, Medizinbälle, Kraftringe verbanden und stützten und, dachte Warring, auf ingeniöse Weise nach oben, vor das Auge des Betrachters zu drängen schienen. Sonderbar, daß die beiden sich von den Winzern gelöst hatten, von dieser Vorstellung einer in die Wirklichkeit aufgefächerten Palette. – Die nun auf Kreta vorkam als realer Gegenstand, mit all ihren Windungen. Die von einem Antupfen gemaßregelte, zirpende und sirrende Pandora. Die Allerbegabteste, Allerschönste. Wie wenn man die Handkante in ein schleifenförmiges Stück Sülze drückt, dachte Warring, kommt einem das alles vor hier.

In jener Nacht war er in Mettmenstetten geblieben. Zellerbach war nach München geflogen, de Sitter und Corti hatten ein Treffen mit Sibille und Bertrand, dem Innenarchitekten, arrangiert. Später hatte er in einer Dorfwirtschaft gesessen, und der Architekt hatte ihm was von einem Anschlag erzählt und was von einem amerikanischen Agenten, und wie letzterer von Sibilles Ansinnen (Selbstbewußtheit) überrumpelt worden war.

Schließlich erweckte eine Stelle ihre besondere Aufmerksamkeit, weil dort zahlreiche Fußabdrücke die Oberfläche des Modells zertrümmert hatten. Inmitten der gesplitterten Fassung entdeckten sie eine ovale, unversehrte Fläche, durch die man an den Treppenwangen vorbei in die Tiefe blicken konnte.

Hier mußten die beiden jeweils gewartet haben, bis es sie überkam und der Hausmeister sein Ohr an den dünnen Holzboden preßte. Bertrand würde die Gewichte geliefert haben – das konnte er selber, diese herrollen. Danach hat er sie draußen auf dem Balkon an die Kleiderkonsole gehängt. Eine ordnende Hand (und ein verzeihender Geist) würde anderntags die Spuren getilgt haben. – Warum nicht? dachte Warring.

Drei Meter unter ihren Füßen erblickten sie jetzt die beschädigten Instrumente zwischen einer Ansammlung von Holz- und Glasschälchen.

Neben den Geräten gab es Netze, die sich bewegten, geometrische Bilder, die sich in die Landschaft schmiegten, es gab röhrenförmige Komplexe, von einem nebligen Dunst umhüllt, der ihren Inhalt verbarg; ferner bemerkten sie am Modell rauhe, ebene Flächen und, an deren Rand, offensichtlich auch Fortbewegungsmittel. Diese vielfältigen Dinge waren, wo sie nicht als Behältnis dienten, seltsam übereinandergestapelt, als habe jemand in der Tiefe auf engstem Raum seine Schätze eingegraben und mehrere Schichten Kristall schützend darübergeschoben.

Über diese prächtige Technik dürften unsere Freunde gestaunt haben, sagte Denise.

Zum Glück sind diese Schätze unsichtbar, sagte Warring.

Sie gingen weiter. Alle Zimmer waren untereinander verbunden, die Türblätter hatte man entfernt. Sie kamen in einen etwas kleineren Raum, er war verstellt mit allerlei Gerümpel. An der einen Wand stand ein Bett, es gab eine Staffelei unter dem hochliegenden Fensterband, auch einen kleinen tragbaren Radioapparat bemerkte Warring. Wahrscheinlich haben sie diesen Raum als Gästezimmer benutzt, dachte er. Er ging zu der verschimmelten Sporttasche, die zwischen Staffelei und Fensterbrüstung am Boden lag. Zwischen Fenster und Durchgang stellte er sich in eine Ecke, von der man einen guten Blick auf das ganze Zimmer hatte. Über dem Bett hing eine halbkugelförmige Uhr an der Wand, die zwischen drei und vier Uhr stehengeblieben war. Eine Datumsangabe war ins Zifferblatt eingebaut, sie zeigte die Ziffer 12, klein darunter der Monat, eine Jahreszahl fehlte. Neben der Uhr gab es eine Wandlampe mit nackter – brennender – Glühbirne. Auf der anderen Seite, ebenfalls genau in der Mittelachse des Zifferblatts eine kreisförmige Scheibe aus Holz oder Plastik mit sechs runden, etwa faustgroßen Öffnungen, und eine gerahmte Stickerei, das Rotkäppchen und den Wolf darstellend. Unter all diesem Plunder hing ein Ölgemälde, unzweifelhaft echtes Öl, wie man erkennen konnte, es zeigte Lucio Fontana in seinem Römer Atelier. Ausgegrabene Blindgänger, die auf Transportkisten lagerten, schienen von ihm bearbeitet worden zu sein. Die vorderste Kiste «stand» sozusagen auf dem unteren Bildrand, im Hintergrund war der Künstler zu sehen, noch weiter hinten das Atelierfenster mit dem Ausblick auf eine städtische Gegend. Auf dem Bett lag Sibille, den schmalen Kopf mit den weit geöffneten Lippen zwischen den Oberschenkeln des Gärtners, der über der Frau kniete, das verlegen grinsende Gesicht seltsam verdreht an die Wand gepreßt. Neben dem Bett sah man einen Stuhl, ein knappes Dutzend verschiedenfarbiger Krepprollen lehnte daran, auf der Sitzfläche wieder Speisereste, Warring erkannte einen Zitronenschnitz und ein unaufgeschlitztes Päckchen Majoran. Unter dem Stuhl eine junge Katze, die eben jetzt hervorsprang und verspielt auf die Sporttasche zutorkelte, neben der Denise stand und schwieg.

Blaß sieht sie aus, dachte Warring. Er drehte das Gesicht zum Fenster. Er erinnerte sich, was ihm der Innenarchitekt über Zellerbach erzählt hatte. Mein Gott, habe Zellerbach zu ihm, dem Innenarchitekten, gesagt, wie dunkel das alles wieder ist! Lispelnd habe Bertrand daraufhin behauptet, in München seien die Geldboten nur nachts unterwegs – damit sie besser überfallen werden könnten. Mit steinerner Miene habe der Schweizer den kläglichen «Gag» seines Architekten verarbeitet.

Die Spur der Bildertrockner endete an der rückwärtigen Wand des Modells. Zweihundert Kupferplatten lagerten dort. Vermutlich haben sie dieses Lager als Steinbruch benutzt, sagte Warring zu seiner Gefährtin. Doch hier hatten Tiefe und Höhe und die Bewegung von unten nach oben keine allegorische Bedeutung; die Platten waren der Sammlung abgezweigt worden – offenbar hatte sich die Hand Olsens wie eine Baggerschaufel in das Chaos eingegraben, hineingegraben. Bei entsprechender Beleuchtung mußte es aussehen wie in einem römischen Palazzo, von der Abbruchstelle (Sattlerdach) führte eine Art Rampe hinüber zu Denise, die sich gut gelaunt über den Löwengraben der Burg Himmelsfeld neigte.

Warring hatte den Innenarchitekten nicht erreichen können in der Schule; es ist die totale Katastrophe, hatte er gedacht, er war im toten Winkel zwischen Kühlschrankund Loggiatür gestanden, während er auf die Polizei und die Leute vom Schlüsseldienst wartete. Ganz allein stand er da und schüttete den Süßmost in sich hinein. Er schwitzte, ihm war schwindlig, und er hatte Angst. Hin und wieder war er auf die Loggia hinausgetreten um sich zu vergewissern, daß alles in Ordnung war mit den Schüsseln, Schwämmen, Putzlappen.

14

Denise und Warring standen vor der Rückwand des Modells, die knapp bis unter die Decke reichte. Der Safe war perfekt getarnt in der Wandbemalung, die ein sich über die ganze Fläche erstreckendes Büchergestell darstellte, Buchrücken neben Buchrücken, jeder in realistischster Manier gemalt und mit unlesbaren Zeichen beschriftet, Buchtitel und Verfasser vermutlich. Warring öffnete die Tür, der Safe hatte eine verdeckt eingebaute Fluoreszenzbeleuchtung, die jedoch nicht zu funktionieren schien. Das Ding lag in der hinteren rechten Ecke, schabend bewegten sich die millimeterdünnen Röhrchen über die glattpolierte Oberfläche. Die drei seitlichen verrunzelten Lappen klickten unregelmäßig. Warring zog das Ding an den Röhrchen heraus, drehte es in der Hand. Es war fünfunddreißig bis vierzig Zentimeter hoch, es war schwer wie Blei, und es roch wie die Kontur der immer noch hellgrau heraufleuchtenden Bruchfläche im Eßzimmertisch. Von der Seite sah es aus wie die Nachbildung der bekannten französischen Nationalfigur, in der merkwürdig straffen Bandagierung des Oberarms der Figur sah man eine Art Wunde, ähnlich derjenigen in der Tischoberfläche, aus der das Opfer, das einen an gewisse koboldartige Wesen auf den Zeichnungen Wallers erinnerte, wie herausgebrochen war – vielleicht von einem betenden Mhedi Ben Barka, der in einem clownmantelartig karierten Anzug (aus demselben Material war der Oberärmel der «Marianne», die eine Art Kopf an die Brust drückte) dasaß oder kniete, während ein Finger sich in den Falten des Kleids knickte und die andere Hand eine dünne Lunte zum Trichter zu formen versuchte, derweil die scharfkantige, weiße Nase des Marokkaners triumphierend und spitz aus dem sich auf der Gesichtsfläche des Zuflüsterers (Kobold) fortsetzendem Karomuster herausglänzte (dachte Warring) und leuchtete, genau wie der durch das Herausbrechen der Beute gewonnene Platz, der nun in Warrings Sinnen Gestalt annahm, wie wenn es der Geruch des Dings selber wäre, und nicht einfach nur eine bestialische, absenderlose Sinnesofferte.

Das Ding gab ein leises Knurren von sich, als Warring es in den Safe zurücklegte. Er wandte sich von der gemalten Bücherwand ab, ging zurück zu Denise, die, den Sportsack in der einen, den Militärtornister in der andern Hand, ihm ein Zeichen gegeben hatte. Der Tornister war jetzt vollgepackt und fachgerecht verschnürt. Denise stellte beides auf ein kleines Pult, es war niedrig und schmal, es schien der Arbeitsplatz eines Schulkindes zu sein oder eines Zwerges. Im Sportsack befanden sich ein Paar Fußballschuhe, ein völlig durchlöchertes, weißes ärmelloses Leibchen und eine schwarze Turnhose mit zwei dünnen roten und einem etwas breiteren, zwischen den roten liegenden grünen Streifen.

Warring zog die oberste Schublade des Schreibtisches des Zwerges heraus – Warring war plötzlich felsenfest davon überzeugt, daß es ein Zwerg war, aber er hätte nicht sagen können warum; sicher war nur, daß weder Sibille noch der Gärtner jemals ein Kind erwähnt hatten – sie enthielt ein flaches, sperriges Couvert ohne Anschrift. Sonst war die Schublade, wie übrigens auch das Couvert, leer.

Mißmutig sah Warring in Denises grüne Augen.

Hast du den Safe auch sorgfältig genug untersucht? sagte sie.

Warring setzte sich aufs Pult, sah sich düster im Labor um. Nach einer Weile sprang er plötzlich auf die Beine, ging, lief fast, zum Safe, öffnete ihn, legte das Ding in Denises ausgebreitete Hände und kippte den ganzen Safe leicht nach vorne, so daß unter dem gemalten oberen Tablar eine Nische entstand, aus der es im selben Moment fürchterlich zu riechen begann. Warring blieb nichts anderes übrig, als den Safe gänzlich auszubauen. Er arbeitet etwa eine Stunde verbissen, und als er den schweren Holzkasten endlich herausgewuchtet und mit einem abgrundtiefen Fluch der Erleichterung auf den Tisch des Zwerges gestellt hatte, war der Blick frei auf die ganze Nische, die sich in eine unendliche Tiefe zu öffnen schien, aus der ihnen der mysteriöse Geruch entgegenströmte. Warring streckte beide Arme in die Nische hinein, fuhrwerkte nervös herum, bis er ein glitschiges, handgelenkdickes Etwas zu fassen kriegte, eine schimmelfeuchte Ledermappe, wie sich herausstellte, als er den Gegenstand ans Licht gezogen hatte. Der Inhalt der Mappe bestand aus verschiedenen vergilbten und natürlich ebenfalls feuchten und entsprechend weichen Aktenbündeln und zwei dünnen Büchlein, das eine ein Taschenbuch eines bekannten französischen Wissenschaftsverlags, das andere war ein einstmals hellgrüner Notizkalender, der auf der Umschlag-Innenseite den Stempelaufdruck «Presented by Kunsthalle Basel» trug. Die Seiten waren herausgerissen bis auf eine, auf dieser stand mit blauem Kugelschreiber geschrieben: «AM 19. JULI IN BAD KERSBURG VON HRN. INSP. SCHRAMPF ERHALTEN. UNTERSCHRIFT STADELMANN.» Unter ‹Unterschrift Stadelmann› war die ebenfalls gestempelte Zahlenfolge 14088 mit zwei dicken Bleistiftlinien durchgestrichen. Die Rückseite war leer.

Das Taschenbüchlein war eine neue, ladenfrisch wirkende Ausgabe von Mattas «What Is The Object Of The Mind?», der Name des Übersetzers – Heinz Tobler – fand sich nach kurzem Suchen – er war rot unterstrichen und mit einem Kreuzzeichen zusätzlich herausgehoben – in einer Fußnote des ersten Kapitels. Es war ein vom Verfasser signiertes Exemplar; unter der Widmung «To Bing» standen die Adresse und die Telefonnummer von Bing Crosby in dessen eigener Handschrift. Zwischen den Seiten fand sich eine Postkarte, die folgenden mit Maschine geschriebenen Text trug: «Sehr geehrte Herren. – Anbei eine Kopie der ‹Lieferbaren Bücher '40/'41› über Talsperren. Das Buch ‹Fliegenfischen in gestauten Wassern› habe ich nicht ausfindig machen können. Unsere Verzeichnisse sind allerdings nicht vollständig. Es gibt zum Beispiel noch viele englische und amerikanische Titel, die dort nicht aufgeführt sind. Auch Bücher aus Skandinavien sind dort nicht zu finden. Bücher aus Skandinavien sind, im Gegensatz zu englischen oder amerikanischen Büchern, sehr preisgünstig. Für weitere Informationen wenden Sie sich am besten an eine Bibliothek. I. A. Dürdt.»

Warring reichte Denise die beiden Bücher. Als nächstes kam ihm der Wochenendteil einer renommierten Berliner Tageszeitung in die Hände. Auch hier fehlten die meisten Seiten, die vorhandenen waren an den Rändern mit demselben Rotstift wie dem der Fußnote vollgekritzelt. Zusammenhanglose, wenn auch – und trotz der Feuchtigkeit, die auch hier ihre Spuren hinterlassen hatte – recht gut entzifferbare Sätze, im Tonfall ähnlich wie der Text auf der Postkarte. Fast jeder Satz schloß mit den Initialen Q. F. – wenn es denn, dachte Warring, überhaupt Initialen waren.

Manchmal nahmen diese Randbemerkungen auf ein Wort im gedruckten Zeitungstext Bezug, dieses Wort war dann eingerahmt und ein zittriger roter Strich führte quer über die Seite zum Rand, wo der entsprechende Kommentar dazu stand, der das herausgehobene Wort entweder bekräftigte mit einem in offenbar großer Erregung hingeworfenen «Ja! Q. F.», in einzelnen Fällen auch mit: «Ja! Ja! Ja! Ja! Ja! Q. F.», oder es mit einer beleidigenden und ausgesprochen hilflos anmutenden Vokabel bedachte. Nebst diesen kürzeren Texten fanden sich aber auch ganze Abschnitte, die sich in wirrem Haß gegen den «in der Schweiz herrschenden Intellektualismus» richteten, gegen den «Terror der Akademiker und Psychiater» und so fort in diesem Stil. Nicht zu übersehen waren die unzähligen Wiederholungen. Warring zählte allein auf einer Seite vierundzwanzigmal den Satz: «Euch sollte man eigentlich alle einsperren und verbrennen. Q. F.» Seltsam berührte auch der Ausdruck: «O, that's very bad!», der sowohl auf dem Rand als auch, beinahe unleserlich meistens zwar, zwischen den Zeilen des gedruckten Textes stand.

Als drittes fand sich in der Mappe das bekannte Foto von Zellerbach als Clavadetscher aus dem Jahr 1931, aufgedruckt auf die Speisekarte eines Ausflugsrestaurants in der Nähe von Wattwil; auf der Innenseite der Karte war eine eigenartig geordnete Reihe von Zahlen zu sehen, wie in großer Eile (Aufbruchsstimmung?) hingeworfen. Warring entzifferte eine 3, so etwas wie eine 17 und eine 5 ohne waagrechten oberen Balken, die wie ein Fragezeichen ohne Punkt kopfüber senkrecht auf dem Falz der diagonal gefalteten Karte stand. Direkt unter dem Falz stand wieder dieses «Q. F.», der Rest dieser Kartenhälfte war leer, wenn man vom gedruckten Text des Speiseangebots absah. Auf der hinteren Außenseite war eine Addition zu sehen, keine einzige Zahl war lesbar. Unter dem ebenfalls unleserlichen Schlußresultat – ein zweistelliger Betrag in Franken und Rappen mit einem anscheinend abgebrochenen Umrechnungsversuch in US-Dollars – fand sich der Eindruck eines Gebisses, es war klein und ohne eine einzige Lücke, daneben in Klammer der Name «Silveli» in Druckbuchstaben. Vermutlich der Name der Serviertochter, sagte Warring schmunzelnd zu Denise. Noch weiter unten eine weitere, unlesbare Adresse und eine sechsstellige Telefonnummer.

Als letztes förderte Warring zwei eng beschriebene Blätter, die offensichtlich aus dem grünen Notizkalender stammten, zutage.

Man habe, las Warring, den Japanern wiederum den Kopf gestreichelt. Und dann: *«Seht euch hier noch die zwei Sterne an und merkt, daß es im Unterricht nicht wieder gesagt wird, ihr schleichenden, kriechenden Ungeheuer. Wir sind längst von selbst an Land gegangen. Wir* (Wer war ‹wir›? fragte sich Warring) *sehen sie Verzögerungen ertragen, indem sie nur zwanzig Meilen ... zwanzig Schlüsse über die Schwäche seiner Regierung ... geschickt auf zwanzig Meilen ausgewichen sind. So sind sie denn auch gefahren ... von Jeddo ... ohne ... Müppen* (?) *zu ergeben* (?). *Es gibt auch Dampferleute, ausgezeichnete Handwerker und Bauarbeiter. Ich habe die Kälte gespürt, und auch die Trägheit ganz besonders. Ich bin ... ausgesprungen* (?). *Der Kapitän hat ein Bein über das andere geschlagen. Der Wirt hat immer wieder mit äußerer Ruhe die Anweisungen für die Europäer wie-*

derholt ... und die Menge trat ein wenig zur Seite. Einer trägt eine lebende Wildente und tote, über die Schultern hängende Hasen am prachtvollen Haus des englischen Konsuls vorbei, und an der Mauer, die das Lager vom städtischen Boden trennt. Es wird eine Belohnung geben. O, that's very bad! Auf allen Gesichtern sah man eine schüchterne Aufmerksamkeit. So lebten wir still und friedlich bis zum 15. Dezember, gespannt auf den großen Augenblick, und schliefen, neben dem am Vortag gehackten Holz.»

Warring reichte das erste Blatt Denise und las mit unwillig gerunzelter Stirn weiter:

«Wer hackte dieses Holz bis Samstag, haben die Herren hinzugefügt. Die Banjos sind verteilt worden, damit die ... Fregatte gelärmt (?), *Karten gespielt, und dann haben wir uns etliche Male verneigt voreinander. Rechts von uns preßten sie die Stirnen an den Boden und hörten es. Aus einem Zimmer. Sechsmal sind die Diener zum Gast gekommen, aber es hat ihm nicht geschmeckt. Es war in der Tat nur Sake gewesen. Der Alte hat sein Papier aus der Innentasche geschlagen, denn er hat die Antwort des Obersten vor dem Schiedsgericht gehört ... wie oft die Japaner gebeten haben, sie ganz nach europäischer Weise zu bewirten. Dann blicken sie die Besucher an und heben dankbar die Blumen an die Stirn. Beilage erwähnt. Q. F.»*

15

Als *Beilage 1* war der Schutzumschlag des Buches von Matta gekennzeichnet, der, geschützt in einer transparenten Plastikhülle, in der Außentasche der Mappe steckte.

Aus einem würfelförmigen Käfig stiegen luftblasenähnliche Gebilde, ein waagrechter Balken in der stilisierten Form einer Blockflöte unterstrich den Namen des Verfassers. Im untersten Viertel der Umschlag-Vorderseite war ein winziger altmodischer Taucheranzug abgebildet, das Signet des Verlags vermutlich. Beim Zurücklegen der leeren Plastikhülle in die Außentasche der Ledermappe kam folgende Fotografie zum Vorschein:

III.

Gurdjieffs Argument

I

Man hat gesagt, auf dem Bild von Aleister Crowley sei ein Mönch abgebildet gewesen, über dessen Schulter sich eine dunkelhäutige Mundharmonikaspielerin gebeugt habe. Der Blick der Farbigen sei starr auf ein surrendes CK-förmiges Loch gerichtet gewesen, das zwischen Betrachter und Deutungshorizont, etwa fünf, sechs Meter vor der Mutter und theoretisch schon fast außerhalb des Wageninnerns, einen schrägen, im Tageslicht flatternden Riß gebildet habe. Ich erinnere mich, daß mir de Sitter vor Jahren ein paar Tabellen aus dem «Liber 777» herauskopiert hat, und daß ich bei dieser Gelegenheit die Meinung vertreten habe, es wäre ein uraltes Werk und man müsse wissen, daß das wenigste von Crowley selber, das meiste hingegen aus der Feder eines um 1650 im mittleren Osten verschollenen belgischen Missionars stamme (was sowohl Maugham als auch Steiner bekannt gewesen sein dürfte), und ähnlichen Unsinn. De Sitter hat nur verständnislos gelacht. Ich habe gesagt, er möchte mir die Unterlagen nach Como nachschicken – ich sei im Moment nicht in der Lage, sie tagelang mit mir herumzuschleppen. Im Winter '48 zimmerte sich der Sammler einen verschließbaren Behälter aus markierten Fichtenbrettern zusammen, lehnte ihn an die

Wand, stellte sich drei Schritte davor in Positur und betrachtete sein Werk. Probehalber, sagte ich, legst du am besten mal ein paar Halbkartonplatten hinein, runde vielleicht, oder quadratische, damit man sich an das Gewicht gewöhnt. Ich faßte den Bilderkoffer am Griff, rückte mit der andern Hand meinen Hut zurecht, einen braunen, kleinen, weichen, lüpfte ihn schließlich ein wenig: eine kleine Geste des Dankes. De Sitter wühlte in einem Stapel Luftpost, bis er den weißen Kreidestift fand. Nun geh langsam zur Tür, laß den Koffer, ich habe keine derartigen Platten, sagte er, und: Wir müssen diese Listen nehmen; ich wußte nicht, was er damit meinte. Ich ging zur Tür, Mario machte den Schwenk mit der Kamera, und im Moment, wo ich die Tür erreichte, warf der Sammler ein paar Zahlen auf den zuoberst liegenden Brief. Für die folgende Aufnahme, die die leere Zimmerecke zeigen sollte, aus der ich mich eben weggestohlen hätte, hielt ich den Brief dicht vors Auge, später saß ich wartend im Sitzungszimmer. Zellerbach zeigte sich von den Aufnahmen, es waren dann gegen Ende Winter doch noch an die fünfhundert geworden, soweit befriedigt, daß er ein Treffen mit Spengler vereinbarte, wiederum in Barcelona, aber diesmal ohne Warring, dem Padgwe den Auftrag für die Delaunay-Akte, das heißt für die Beschaffung der Blaupausen (Panazer-Ellipse) und der Protokoll-Abschriften noch nicht unter irgendeinem Vorwand abgenommen hatte. Auf einer dieser Tabellen habe ich das ziegelrote CK erstmals gesehen, Jahre nach Troyes.

Ferner ist behauptet worden, auf dem Bild von Gurdjieff habe eine Horde von leichtgeschürzten Majoretten gesungen und gestampft, auf weichen Lippen gepfiffen, alles junge Frauen unter Zwanzig, es habe sich um irgendwie verwahrlost wirkende, knochige Mädchen gehandelt, mit nackten Knien, breiten, eckigen Schultern, luftig verhüllt von Seidenstoffen, handtellergroße Schweißflecken unter wild wirbelnden Armen. Es hat geheißen, es würde sich um eine Gruppe entlaufener Töchter aus dem Westen gehandelt haben, und die satanischen Lieder, die sie von den Lippen des Magiers, dessen Bild an der Außen- oder Innenwand des Wohnwagens hing, abgelesen hätten, würden das Bild, den Weg des Bildes, begleiten bis auf den heutigen Tag. –

Ich glaube das alles nicht!

Ich glaube vielmehr, daß man den Doktor, der das Bild auf Kreta in den Mast eines im Seefahrtsmuseum von Barcelona gestohlenen Schiffsmodells geschnitzt hat, bevor er verbreitete, es sei nicht das dritte, das gesuchte, das selbe, das fehlende Bild, sondern das von Gurdjieff, nicht früh genug auf diesen sogenannten Chor aufmerksam gemacht hat. Denn hätte man das, hätte Schwarzkogler in Wien nie in dieser unverschämten Weise auftrumpfen können, er hätte das Bild vermutlich sogar zurückgewiesen, zurückweisen *müssen* anständigerweise, und die Schweizer (die Amerikaner), allen voran Zellerbach, hätten notgedrungenermaßen auf ein anderes Angebot eingehen müssen. Zellerbach wäre sich seiner Sache sicherer gewesen, Sibille wäre nach Wien gezogen, ohne Bertrand und ohne Zwerg, aber mit Reto, die Biographie wäre vermutlich zustande- und Spengler unverhofft und im letzten Augenblick doch noch zu jener Lebensstelle gekommen, die es braucht, wenn man eine Frau wie die Caspar ernähren will, ohne auf Hilfe von außen angewiesen zu sein.

Ich will damit sagen:

Ich glaube heute, Gurdjieffs Bild ist nie auf Kreta gewesen. Oder, Crowley selber hat mit dem Bild einen großen Umweg um die Insel gemacht. – Ich rede jetzt natürlich schon wieder vom andern Bild, vom einen, und jenes, das wir suchen bis heute – ohne es, mit Ausnahme von Zellerbach oder von Zellerbachs Partnern vielleicht, jemals mit der notwendigen Vehemenz vermißt zu haben –, jenes dritte oder, um den Ausdruck Dr. Padgwes zu gebrauchen, selbe Bild befindet sich tatsächlich immer noch zwischen den Seiten irgendeines obskuren, sich in schon fast pornographisch zu nennender Weise in seiner eigenen scheinheiligen Hermetik suhlenden Quasithrillers, in den es von einem nach Dortmund, Düsseldorf, Heidelberg, Köln geflüchteten rumänischen Adligen gelegt oder geklebt worden sein mag. Beides ist möglich. Das Allerunwahrscheinlichste, um den Gedanken zu Ende zu führen, wäre, wenn das Bild gar nie richtig oder auch nur vollständig verschwunden, sondern schon damals jederzeit und überall sichtbar gewesen wäre, als Reiskorn getarnt oder als Tisch, als profaner Gegenstand jedenfalls wie irgendein anderer des zur Verfügung stehenden Weltangebots. Könnte es sein, denke ich manchmal, gewissermaßen die Konsequenzen aus dem Zuendeführen des Gedankens zu ziehen versuchend, daß Spengler das Theater (Unterzeichnung des Vertrags) in Bressano gar nicht hat mitmachen wollen? Könnte es sein, daß er die Bilder mitten in die Sperre hat stellen wollen, ein später Noah ohne Auftrag, alle, das heißt die übriggebliebenen Bilder ins Zentrum der Sperre, eine verdrehte, verschobene Armierung aus gezinkten Karten, hat einfügen wollen aus irgendwelchen nie diskutierten Gründen? Daß das ganze Theater sich auf dem Rücken eines Delphins abspielte, wie der Sammler in jenem Traum gesagt haben könnte, der für mich zu spät begann?

– Oder, wenn nicht das ganze Theater, dann vielleicht nur die Sequenz, in der die Thiel auf den Kirchturm zeigt und Zellerbachs Pilot, bekleidet mit einer kragenlosen Bluse, ihr seine Verspätung erklärt: mit dem Hinweis auf die Nervosität der Besatzung, auf die Abgelegenheit der Landepiste, auf das klägliche Scheitern des Spenglerschen Bestechungsversuches als Ausrede? Daß die Thiel auf die Turmuhr gezeigt hat und sagte: Aber anrufen hättet ihr doch wenigstens können, oder etwa nicht?

Daß, denke ich manchmal, die vier sich kaum gerade halten konnten auf dem glitschigen Rücken, daß man das Sofa, den Tisch, das Schachbrett, den Stuhl festbinden mußte, und daß, obwohl die Sprünge flacher, die Vorwärtsbewegung gleichmäßiger und langsamer geworden wären, ein Finger nur schwer die Drehung der ans Netz geschnallten Wählscheibe bewerkstelligte? – Während die Thiel noch einmal erklärte, warum es notwendig gewesen war, die Fächer der Hungerkünstler im Wartezimmer des Doktors vor dem Unterzeichnen des Vertrags (das in einem großräumigen Kellerabteil des ehemaligen Klosters vorgenommen worden wäre) den Pendlern in Verwahrung zu geben? Schwarze, schmucklose Flügel aus einer Art baumwollener Lametta wären es gewesen, Indianerfirlefanz, wie er in jedem Warenhaus zu kaufen ist. Aha! – Aber dann wäre der ganze Aufwand für die den Unterzeichnungsakt einleitende Begehung, in dessen Verlauf der Ingenieur auf den Konferenztisch geklettert war, um den Nachrückenden (den die Alphütte in breiter Streuung Umzingelnden, Umkreisenden) die Aussicht zu erklären, umsonst gewesen, und auch das Gespräch Warrings mit Schwarzkoglers kleiner Braut in einem überhitzten Taxi auf dem Bahnhofsplatz von Sargans wäre überflüssig und, im nachhinein noch und gerade aus diesem heraus gewissermaßen, unsinnig geworden. Weder de Sitter noch Paula hätten sich einsperren lassen müssen, der Tisch von Professor Cochard wäre *unversteigert* geblieben, die Pfoten, Ohren, Krallen, ja die Felle insgesamt ebenso, und Spengler hätte die Sperre, oder «Kroitshammers Wohnkugel», als was er Durrers Modell, das im folgenden ja immer als irgendwie stellvertretend für die bis zum vorläufigen Schluß der Geschichte fehlenden Einwände meines Bruders Fred angesehen worden ist, wiederholt bezeichnet hat, als hundsgewöhnlichen Glastrichter, der sich ungefähr in Kopfhöhe über die ganze Breite der Roderer-Terrasse zu spannen hatte, realisiert: eine Art Unterstand im freien Feld für uns, ein störrisches Jericho aus Abfall für die geplagte Bevölkerung. In fünfzehn Kilometer Entfernung hätte die Monte-Rosa-Ostwand aufgeleuchtet im Morgenglanz, der Ingenieur wäre vom Tisch geklettert, hätte, während die Musik vom Säli in die Feldküche gewechselt haben würde, die Reste der Flugzeugbesatzung unter der Leitung des Poliers ins Hotel zurückgeschickt. Man hätte jahrelang nichts mehr gesehen vor Schmerzen.

Spekulationen, Spekulationen, Spekulationen: alles nur Spekulationen, ich weiß! Und zwar Spekulationen, die sich auf längst Entschwundene, im Vergessen Gesichertes beziehen, auf längst Vergangenes. Wie es tatsächlich war, weiß heute außer mir kein Mensch mehr, und das Erzählte, also das, was ich vorher nicht wußte darüber, das Eigentliche also, das sich den Ereignissen von einer hypothetischen, gewissermaßen in den Dingen liegenden Seite zu nähern hatte, dieser blasse Glanz, der sich mir auf die Schläfe legt, ist von keinem vorausgesehen worden.

Wir waren früh dran, in jedem Sinn. Wir wußten nichts über uns. Wir hatten niemanden, der uns zuhörte. Wir waren – ohne daß wir uns in irgendeiner Weise ausgeliefert vorgekommen wären – an die Dinge gebunden, an die Dinge, die Umstände, die Vorkehrungen, die zu treffen waren, aber keinem wäre es eingefallen, sich als Klammernden zu sehen; es war ja immerhin unser Leben, in das man das Vorgehende ein- (nicht um-!) rechnete, und man war zu jung oder zu beschäftigt oder zu ungeduldig oder ganz einfach zu isoliert, um den über das Offenbare hinaussteigenden Gedanken zu fassen. Mit ‹Geduld› ist hier nicht der heute beinahe wieder als Qualitätsgewinn gefeierte Zustand des Getrenntseins, des inmitten der Fülle des Weltgestöbers von Allem Abgespalten- und Geschiedenseins angesprochen; vielmehr handelte es sich um jene schon fast naturgegebene Verlorenheit, eine Art stetiges Wegsinken von nirgendwo, des an der Aufgabe tätigen Menschen, des an dieser Tat sich empor- oder besser: voranrankenden Menschen. Man gehörte niemandem, mit jedem Atemzug schloß sich die Welt, und wenn man lachte oder weinte, dann tönte das nicht hysterisch oder sarkastisch oder ironisch oder lächerlich wie heute, sondern es war ebenso schlichter wie ernster und bestimmter Ausdruck einer von der jeweiligen Bedingtheit affizierten *Haltung*. Dabei hatte keiner, mit Ausnahme – ausgerechnet – Freds vielleicht, das Gefühl, er vertrete, wo es ja immer wieder auf alles ankam, einen Standpunkt; die Bedächtigkeit, mit der man sich ins Geschehen einschaltete, noch der windigste Teilbeitrag, den man, nachdem man sich ins Geschehen eingeschaltet hatte, fast bedenken-, ja: gewissenlos und in der entsprechenden Selbstverständlichkeit zu leisten anbot, waren Motivation und gleichzeitig Verbindlichkeit auch gegenüber einem selbst, ohne daß man sich gleich als Sieger und Überwinder von Unüberwindlichem gefühlt hätte: ein Leben in Ohnmacht, denkt man, und zu einem Teil mag das stimmen, von heute aus gesehen.

Manchmal fühlten wir uns absolut größenwahnsinnig. Ich rief dann nach der Thiel, sie kam, stellte das Tablett mit dem Tee auf die Kommode, ich sagte: Da hängt was, sieh zu, daß es wegkommt. Sie sagte darauf immer dasselbe, nämlich: Es ist der Pilot, er hängt, und ich sagte, daß es nicht wahr sei. Da hing dann schwach was am Haken, man sah es kaum. Hierauf setzte sie sich die Krone auf, frech vorne an die Stirnkante, Likördämpfe schwebten auf, feine Düfte flogen einem um die Nase, glücklich reckte die Haushälterin das Kinn. Daneben, ein schlaues Strahlen im Blick, der Doktor, nun trat Spengler ins Zimmer und sagte, er werde niemehr für Zellerbach schreiben, und ich sagte, er werde immer für Zellerbach schreiben und zusammen mit Zellerbach umkommen. Ins Unglück!

schrie die Thiel, und der Doktor sagte: Ich bin ebenfalls größenwahnsinnig. Im Runterkommen wollte Zellerbach den «Scheuen Richard» zu Ende schreiben. Darauf sagte Spengler, er habe sich Silvester '38 aus Zellerbachs Einfluß befreit, und ich sagte: Du hast schon immer nur für Zellerbach geschrieben, du hast es nur nie gemerkt. Nie früh genug, fügte ich hinzu, wir legten der Thiel die schwarze Wollmaske über den Kartonkranz, sie sagte kein Wort, trug das schmutzige Geschirr in die Küche, die Nachbarn machten Licht, alle Fenster der Siedlung hell plötzlich. Dann kam Zellerbach, es war ja Freitag, unser Abend, schon hatte er Paula Thiel die Hand auf den kleinen Rükken gelegt, schon tanzten Zellerbach und seine Haushälterin im Gang auf und ab, mein Bruder ließ sich hinausbegleiten, nein, er blieb und lobte uns mit weithergeholten Satzkonstruktionen. Am Schluß marschierten alle wie Gespenster auf die Thiel zu, berührten sie, sagten ihr, wie wunderbar sie sei und wie dankbar wir wären, daß sie da war und bleiben wolle bis über Mitternacht hinaus.

Oder, anderes Beispiel, Astana hatte gerade die neuen Seiten ins Reine geschrieben (Notizen Zellerbachs), und Spengler, der einen Tag vor Zellerbach nach Europa geflogen war, sagte zu mir, ich möchte das Manuskript – er sagte tatsächlich jedesmal ‹Manuskript› – doch mal durchgehen, dann bat er mich, das Manuskript nach dem Durchsehen wegzulegen: es vor dem Zugriff der Thiel zu schützen oder so. Es seien knapp fünfzig Seiten, sie behandelten den Aufenthalt Zellerbachs auf einer Couch in Philadelphia, diskret gespickt mit ein paar in die sogenannte Geistes-Gegenwart vorverlegten Überlegungen des Autors

Zellerbach zu Zellerbachs Leben allgemein. Die autobiographische Stoßrichtung also, müßig zu sagen, daß sich gerade Paula brennend dafür interessierte, und ebenso müßig zu erwähnen, daß ich ihr gerade darüber, über diese ersten fünfzig Seiten des «Scheuen Richard», nichts habe erzählen wollen, sagte Spengler. Sie habe ihn mehrmals gefragt, ob sie in der Biographie ihres Brotherrn vorkomme, und er habe immer nein gesagt. Nein, teure Paula! Das habe ihr anscheinend immer genügt, und sie habe das Manuskript, selbst nach dessen Übernahme durch ihn, Spengler, vergessen, bis sie plötzlich von neuem zu fragen begann. Sie habe das Gefühl, Spengler scheine nicht an einer Biographie Zellerbachs, sondern vielmehr an einer Nichtbiographie Zellerbachs zu arbeiten, habe sie bei anderer Gelegenheit zu Spengler gesagt – in diesem Falle bitte sie ihn, auch sie gefälligst aus dem Text herauszuhalten. Zehn Leute hätten ebenso langsam wie empört den Kopf geschüttelt, ein halbes Jahr danach habe Spengler erfahren, daß sie selbst Zellerbach darum gebeten habe, das Angebot des Sammlers anzunehmen und gleichzeitig den Biographen samt Sekretärin zu entlassen. Er selber, hat Spengler einmal verlauten lassen, sei bereits 1928 ein paarmal in Philadelphia gewesen. Er war damals noch aktiver Katholik, reiste viel im Lande herum. Ich habe die unzähligen Versammlungen und Kongresse nicht mehr im Kopf, an denen ich kurz vor Beginn auftauchte und wieder verschwand, aber es dürften alles in allem über tausend gewesen sein, sagte Spengler seinerzeit zu mir.

2

Gurdjieff hatte gesagt, das Bild, worin, oder besser: woran der Betrachter, der ja in gewissem Sinn immer auch ein Bedrängter sei, ein Übermächtigter in unserem Fall, aus dem Stand heraus zu versickern suche auf die eigene geöffnete Hand zu, könne, müsse, dürfe nur in einem Blick, den er mit dem Terminus «überschlau» charakterisierte, gesehen werden. Er legte seine Hand auf den Tisch, eine schwankende Kellenform. Es erschien mir als höchst überflüssige Geste einer freiwilligen Verarmung, die jedoch das Gegenüber, mich zum Beispiel, wie nebenbei zu einem Geplünderten, Ausgehöhlten zu machen schien. Es ist der Bilddurst! dachte ich, und mir war, als hätte sich der Vortragende mit eben dieser Gebärde durch diesen Durst hindurch- und an die Ränder einer allzunahen Fata Morgana herangekämpft, die mir auf ewige Zeiten vorenthalten sein würde. Ihr wollt es nicht anders, schien diese Gebärde zu sagen, und: Wer nicht fallen will, kommt nie weiter. Bleibt unverloren. Ich schaute zur Thiel hinüber, die, die Schultern kampflustig gestrafft, die breiten, mit Spaghettisauce verschmierten Lippen spitzte zu einem lächerlichen Gutenachtkuß in Richtung Gurdjieff.

Wir waren nach Beendigung des Vortrags im «Megen» geblieben, eine Gruppe von zehn Personen noch, Gurdjieff hatte die Rolle des Gastgebers übernommen und Champagner und Schnaps auffahren lassen. Jemand legte ihm einen Stoß hektographierter Blätter hin, lässig blätterte er darin, las ein paar Passagen vor mit immer noch erstaunlich frischer Stimme; dann wurde Kaviar aufgetragen, später verschiedene italienische Spezialitäten … Gurdjieff hatte darauf bestanden, er sagte: In diese unsere eigene Hand hinein wolle man sinken.

Er erhob sich, trat aus dem Lichtschein der einzigen noch brennenden Öllampe ins Dunkel des Raumes. Der Doktor, erst jetzt erkannte ich ihn richtig, aufgedunsen wie er war, die Brauen zu einem fahlen, waagrechten Wulst hochgerissen – später war zu vernehmen, daß er es gewesen war, der den Meister in seinem Quartier in Fontainebleau aufgesucht und zu der Reise nach Rom überredet hatte –, saß etwas abseits, versuchte den in die Finsternis Weggetauchten mit ruhigen Hallo- oder Hollarufen zu erreichen.

Gurdjieff sagte: Seit Aberzeiten wird behauptet, dieses Bild sei nur als fortwährend entstehendes – nicht als wachsendes, nicht als seiner Vollständigkeit entgegenblühendes, nicht als pulsierendes – Bild und damit als Schrumpfvorgang zu begreifen. Dieses Bild, das sozusagen seine äußerste Außenkante vor sich her schiebe wie eine berstende Eisscholle ihre Peripherien, das sich sozusagen seiner eigenen Rückseite zutreibe wie ein Rudel Wölfe, sei – er schien mittlerweile bereits aus dem Nebenraum zu sprechen, hatte sich möglicherweise schon definitiv zurückgezogen, preßte die Stirn an die Wand, lallte vor sich hin – möglicherweise nur als Scheitelpunkt, als Grat gewissermaßen zu denken, als *Scharnier* eines Verminderungsvorgangs, der ihm, dem Bild, ein Vorhandensein ermöglicht, das sich nicht mehr im Gesehenwerden verzehrt. So werde jedes Bild in gewisser Weise zum sogenannten Spiegel. – Aber nur so, und nur zu diesem besonderen Spiegel, der, ohne ein «blinder» zu sein, jedes gegebenenfalls zu spiegelnde Objekt eliminiert habe, vom Platz geschafft habe, *verbrannt* habe gewissermaßen, wie den labyrinthischen Blick eines namenlosen Insekts im Fokus einer Lupe. Nur so, murmelte Gurdjieff nebenan, könne dieses Schrumpfen, das in Tat und Wahrheit ja nichts anderes sei als ein *Auseinanderschrumpfen*, als *ein durch das gegebenenfalls zu spiegelnde Objekt Hindurchschrumpfen* möglicherweise, auf besagter Außenkante die Schere bilden, ohne sie gleichzeitig abzubilden. In diesem ebenso ingeniösen wie diffizilen Akt des Unterschreitens erst öffne sich der Weg des Bildes.

Was für eine Schere? fragte der Doktor scharf. Ich zuckte zusammen; der Doktor ging von Stuhl zu Stuhl, schwenkte die Grappa-Flasche, schenkte großzügig nach. Ich richtete mich ein wenig auf, streckte die Beine unter dem Tisch, versuchte, den Kopf zu schütteln. War ich etwa schon wieder eingenickt? Schlief ich bereits wieder? War ich selber hinübergeschrumpft in jenen Raum, Jantzens Raum, ins golden glühende Nicht- und Nebelbild? Mir selber zum Nachbarn geworden wie offenbar in diesem Augenblick Gurdjieff, dessen ausgiebige Seufzer von jenseits der Wand zu vernehmen waren? Unwillkürlich versteifte ich mich, wie unter der Last einer langen Hand, die sich einem spätabends vor der Haustüre auf die Schulter legt. Ich erinnerte mich an den Abend im Salon des Sammlers. Ist es möglich, dachte ich, daß Warrings Bericht, Warrings «Schwadronat», wie ihn die Thiel beim Weggehen genannt hatte, als «Zwischenschritt» gehört und verstanden werden mußte? Ist es tatsächlich so, grübelte ich, eingesponnen in die hingeseufzten Ausführungen Gurdjieffs, daß nur in der Form, in der wie auch immer gearteten Form eines «Zwischenschrittes» der Weg des Bildes nachvollziehbar war, als ungeträumter (noch nicht geträumter) – und damit auf merkwürdige Weise «realer» Traum, für den man in jedem Augenblick das eigene Leben hergeben würde wie eine überdotierte Briefmarke?

Man hat ja nichts, hatte Gurdjieff zu Beginn gesagt, während der Doktor das Dia von Bridget Riley auf die mächtige, in die Tischfläche eingebaute Hauspalme projizierte. Man hat ja nichts, hatte er wiederholt, man gehört immer nur an, und was man ist als Mensch, das ist nicht einmal ein flüchtiger, sondern vielleicht einfach nur ein fallender Schatten, ein seiner eigenen Leere zutaumelnder Bumerang bestenfalls. Wie auf ein Kommando hatten wir uns von den Sitzen erhoben, auch Gurdjieff war aufgestanden, ernst blickten wir ihn an. Am untern Tischende, weit, weit unten flakkerte die Palme, eine schwarz-weiße Fackel, spreizte leise die Blätter im warmen Licht des Bildes der Riley. Meine geheimnisvolle Unbekannte vom Vormittag fiel mir ein (ich bin ihr nie wieder begegnet) und das unendlich verdutzte Gesicht des Fremdenkommissärs, als der Specht wie ein Stein in die Tiefe stürzte, nachdem ihm der Schreiber die Blume aus dem Schnabel gerissen hatte.

Ich dachte: Okay! Man hat nichts; geht in Ordnung. Auch gut! Und wenn die Sperre, Spenglers Sperre, nichts anderes war als die «Spur» dieses Zwischenschrittes, eine kurze, feuchte Kerbe in einer zufällig daliegenden Salzgurke, und wenn einem wirklich nichts anderes blieb als «sich zurückzulehnen», sich in einer unwiederholbaren und gewaltsamen Krümmung in diese «Spur» zurückzulehnen, – dann, dachte ich, dann waren wir auf dem richtigen Weg.

Und dann bekam auch die Krönung ihren Sinn und ebenso der seltsame Ausruf des Doktors, als der Vorsteher des Limner-Instituts sich weigerte, die Nummern ans Pendlergatter zu nageln. *«Schiebt die Soziusse ans Kastenoberlicht!»* hatte der Doktor gerufen.

War es nicht in gewissem Sinn das nackte Erbarmen – nebst allem betulichen Trotz – das den Doktor zu dieser gleicherweise sinnlosen wie luziden Intervention veranlaßt hatte? Und war es nicht derselbe Trotz, der sich im Jammer Moronis vor, während und nach der Krönung aus jenem von Kunz besungenen «Buch mit den zwei Rücken» emporschwang zur unwiderlegbaren Wahrhaftigkeit eines «zu spät beginnenden» Traums?

Was wäre, schoß mir plötzlich durch den Kopf, wenn dieser sogenannte Traum kein – von uns – ungeträumter wäre, sondern tatsächlich und in eben diesem Augenblick von Gurdjieff im Nebenzimmer geträumt würde? Was würde sich ändern? Und was wäre, wenn sich das ganze Geschehen nicht auf dem Rücken eines Delphins, sondern im Kopf eben dieses Delphins abgespielt hätte und abspielen würde? Im Kopf eben dieses Delphins, der in eben diesem Augenblick im Traum Gurdjieffs davonjagte, mit seinem, Gurdjieffs, Bild auf dem Rücken?

– Was würde sich ändern?

Wir können ja nur fragen, sagen die Leute, murmelte eben jetzt Gurdjieff im Nebenzimmer. Dazu sind sie ja da, dachte ich. Genau! flüsterte Gurdjieff, dazu sind sie da. Dazu sind sie da, und wir nicht. Und deswegen erzählen wir es ihnen, das Ganze: damit sie es endlich wissen, und wir endlich nicht mehr, flüsterte er, ein letztes Mal die Augen aufschlagend ins Dunkel.

Elfriede Jelinek

«Hier ist eine Begabung
am Werk, in der man hinter dem
rüden Zynismus und der
ironischen Anmut jene ‹gewisse
Melancholie› ahnt, die
Robert Musil dem jungen
Kafka zuschrieb.»
Klaus Harpprecht, Titel

wir sind lockvögel, baby
Roman
257 Seiten. Kartoniert

Die Liebhaberinnen
Roman
dnb 64

Die Ausgesperrten
Roman
266 Seiten. Broschiert

Die Klavierspielerin
Roman
353 Seiten. Gebunden

Oh Wildnis, oh Schutz vor ihr
Prosa
320 Seiten. Kartoniert

Renate Fueß

Am Eingang von Kotor
Gedichte
rororo Band 5391

«Renate Fueß nimmt in ihren Gedichten keine ‹Standard-Posen› ein. Es geht ihr nicht um Emanzipation, sondern um Bewahrung ihres Selbstwertes. Sie zeichnet die Gleichgültigkeit nach, die Entfremdung, die Lieblosigkeit in der Liebe, aber auch die Notwendigkeit der Kälte zur Selbstbewahrung. Gleichzeitig wird die Unvereinbarkeit von Kälte und innerer Fülle gezeigt, der Preis nachgewiesen, den die Selbstbehauptung kostet.

Im ganzen bildet dieser Lyrikband ein Szenarium von genau konturierten Erfahrungen und Beziehungen heute.»
Hildegard Hummel, Hessischer Rundfunk

Kein Brief aus Amerika
Erzählungen
160 Seiten. Kartoniert

Rowohlt